梦想是心灵的呐喊

路 勇 ● 著

山东人民出版社·济南

国家一级出版社 全国百佳图书出版单位

图书在版编目(CIP)数据

梦想是心灵的呐喊 / 路勇著. — 济南：山东人民出版社, 2012.8（2023.4 重印）
（青春悦读·当代精美散文读本）
ISBN 978-7-209-06774-4

Ⅰ.①梦… Ⅱ.①路… Ⅲ.①散文集—中国—当代 Ⅳ.①I267

中国版本图书馆 CIP 数据核字(2012)第 203656 号

责任编辑：孙 姣
封面设计：红十月设计室

梦想是心灵的呐喊
路 勇 著

山东出版集团
山东人民出版社出版发行
社 址：济南市舜耕路517号 邮编：250003
网 址：http://www.sd‐book.com.cn
市场部：(0531)82098027 82098028
新华书店经销
三河市华东印刷有限公司

规 格 32 开(145mm×210mm)
印 张 9
字 数 100 千字
版 次 2012 年 9 月第 1 版
印 次 2023 年 4 月第 3 次
ISBN 978-7-209-06774-4
定 价 48.00元

如有质量问题，请与印刷厂调换。(010)57572860

目 录
Contents

目录
Contents

目录
Contents

目　录
Contents

第五辑　隔一段距离远远地看自己 / 187

第一辑

光源绝不会被阻挡在温暖之外

心与心的沟通，爱与爱的传递，本来是生活中稀松平常的举动。可是，为何爱心变成了奢望，善良也只可望而不可即呢？反倒是那些看似毫不相干的人，在危难时伸出一双手，在渴望慰藉时掏出了一颗心。

其实，爱是没有界限的，给善良设防的是冷漠的心。

梦想是心灵
的呐喊

　　李咏主持的"非常6+1"很受观众喜欢，我也经常收看这个节目，还会发手机短信说出自己的梦想，希望在某一时刻李咏能拨通我的电话。

　　我特别留意了一下，大部分幸运观众的梦想，价值在一千元到两千元之间。可是，有一次节目，一个小女孩说"希望得到一盆君子兰，送给生病的姥姥"，这无疑是该节目开办以来价值最小的梦想礼品。不仅节目主持人纳闷，现场的观众也觉得小女孩有点傻。最终，小女孩如愿地砸开金蛋，实现了自己的梦想，在电话那端笑得花儿般灿烂。

　　还有一次，是阳光灿烂的一个午后，我供职的快速冲洗店进来一个衣衫褴褛的小男孩，大概十多岁的样子。他一进来就坐在接待席的沙发上，头趴在沙发前的玻璃茶几上，眯着眼睛不说话。虽然我不太喜欢上门的乞丐，还是温和地问小男孩："你想要什么？"我想一杯冰镇的纯净水或者有限的零钱，我还是愿意付出的。可是，小男孩摇摇头说："哥哥，我什么都不想要，只想晒晒太阳，可以吗？"一丝阳光透过门照射在茶几的玻璃上，果然男孩眼底有灿烂的光芒，是一种阳光灿烂的光芒。原来，小男孩的梦想是很微小的，仅仅是在一个午后感受阳光。我不知道小男孩的生活是怎样的艰难，但是他小小的心底在承载了重担后，其实还怀有清澈的愿望。

　　梦想君子兰的小女孩和梦想阳光的小男孩，比起那些胸怀大志或者向往事业、财富和名利的人一样，都不曾对生活失去些许希望。每个人都有梦想，比如我梦想环游世界，可惜我连环游全国都没实现。并不是所有的梦想都会实现，许多抽中号码的观众并没能在"非常6+1"实现梦想。

　　但是，梦想是心灵的呐喊，仿佛海上的帆充满了催进的风。只要心中有梦想，再小的帆也可以远航。所以，让我们珍视别人或自己的梦想，不管巨大还是渺小，那份心灵的呐喊都是有价值的，对于人生也是弥足珍贵的。

凤凰的承诺

　　去年，我们一群业余摄影师相约来到了湖南凤凰古城。南长城的风貌承载着历史的重量，土家族的风情更是让我们痴迷不已。久居城市的我们，仿佛每一根神经都透着轻松和自在。手中的相机快门也在一次次惊叹后，欢快地摁下。

　　为了捕捉土家族的风情，我们拍了许多房屋建筑和山山水水的照片。但是，要充分记录和展示风俗，人物的拍摄便显得格外重要。在河边，我们遇到了一个漂亮的土家族姑娘，大概十五六的样子。小姑娘身上的土家族衣服非常美丽，淳朴的眼睛里透着拘谨和羞涩，也让生活在尘嚣的我们有了沁人心脾的快乐。我们都提出给她拍照的要求，还承诺回到城里后给她寄冲洗好的照片。当小姑娘答应了，有的摄影师还兴奋地承诺会给她送一份城里的礼物。照片顺利地拍好了，小姑娘给我们每个人留下了她的地址。后来，我们回到了自己的城市。

　　因为忙碌，我缓了一段时间才冲洗好自己的照片。当我沉醉在湘西美景中时，土家族姑娘可爱的面庞冒了出来，我也想到了自己当时的承诺。填完信封的时候，我想去提醒一下我的摄影师朋友们。谁知道，大家都忘了这档子事。当我提议给小姑娘寄照片时，他们纷纷责怪我多此一举没事找事，还说小姑娘不会当真的。

　　我为我的朋友们悲哀，毕竟那是我们一群大人对一个小孩的承诺。一诺千金的道理小姑娘或许不懂，但是诚实和真诚是不可磨灭的。我来到街上，给小姑娘买了一对风铃，还有一条城市女孩钟爱的丝巾。我来到邮局，将小姑娘的照片和礼物一块寄出。我的心也在那刻释放，原来履行承诺也是一种快乐。

　　慢慢地，我也忘了这件事，开始为工作不断地忙碌。前不久的一天，我突然收到来自湘西的包裹。土家族姑娘寄来了一对颇具民族特色的小银饰，还有一封信。信里小姑娘说，她很多次成为游客的"风景"，却是第一次收到自己的照片，她非常地开心。

　　凤凰依旧是美丽的，远处的城里也有着它的精彩，却非常非常遥远。但愿我小小的践诺，能够让小姑娘一尘不染的心灵，还能保持着信任和快乐……

爸爸是最好的校车

校车事故多了起来，孩子们上学放学的那条路，仿佛刹那间也遍布荆棘。他是宅男，小小的家是他的避风港，也是他拼搏和奋斗的格子间。他的收入不算太多，也不算太少，能让他的她以及他和她的女儿生活无忧。

校车改革启动了，校车的收费自然水涨船高，而校车未来的安全性不得而知。于是，他突然有了一个念头，开始承担女儿接送的重任。当他把女儿背在身后时，女儿的欢笑像阳光般洒下，他和他的女儿惬意地走在那条上学放学的路上。不坐校车的日子，女儿说"爸爸你真棒"，他说"女儿你是我手心里的宝"。

没多久，他买回一辆崭新的电动车，他要用电动车载着女儿上学放学。骑电动车时，他总是让女儿贴在自己的胸前，而且用围巾把女儿裹得严严实实的，生怕有一丝风、一片尘吹到女儿的小脸蛋上。看着那些呼啸而来的私家车，甚至有那种专职司机开的豪车，看着那些在车厢里风雨不侵的孩子，他有点心疼自己的女儿，"宝贝，爸爸我会赚一辆车回来。"

虽然，他依旧是足不出户的宅男，依旧在十几平方米的书房搞设计，但是他比以前的自己更勤奋、更拼命，除了吃饭、睡觉和接女儿，他全身心地趴在电脑前。很多时候，甚至为了尽快完成客户的设计订单，他都顾不了按时吃饭和保证睡眠，俨然成了废寝忘食的现代新劳模。

有几回，他在电脑前感到一阵晕眩，胃也像被刀绞着般痛。还有几回，他去送女儿的时候，平常的风竟然有巨大的力量，而他仿佛是随时会被吹走的纸片。可是，为了赚更多钱，更快地赚到钱，买一辆私家车接送女儿，他把那一些些的痛和风都抛诸脑后，把自己当成是无坚不摧的铁人。

可是，他并不是铁人，私家车买回来，还在上牌和办保险的过程中，他毫无征兆地病倒了。那辆他买来接送女儿的车，还没有机会派上用场，就搁在了小区的停车场里。而他的她以及他和她的女儿焦急地守候在病床前，他的她向单位请了一个星期的假，女儿一放学就奔向医院。

医生说，他的胃穿了个孔。手术还算成功，从手术室被推出来，他脸色苍白却故作坚强，"我没事。"她什么不说，眼底却是满满的怜惜和疼爱，而女儿不管不顾地扑上去说："爸爸就是最好的校车，我不要什么私家车，我要爸爸天天来接我，让别的小朋友羡慕我有个好爸爸。"

他苍白的脸庞多了两行泪，一行是亲情暖爱的泪在流淌，一行是心灵共鸣的泪在滑落。一瞬间，他明白接送女儿的路该怎么走，也找到了通往幸福明天的方向。

将你的尊重进行到底

　　清晨，火车停在了倒数第二站，到站的乘客下去后，稀稀拉拉上了几个去终点省城的旅客。一位老婆婆坐在走道对面的位置上，老人家衣着还算讲究。老婆婆一副慈眉善目的样子，眼睛里透着亲切而和蔼的笑容，让人心底生出几分亲近的念头。

　　坐在老婆婆对面的是一个漂亮的小女孩，大约十八九岁的样子，看人的眼神怯怯的。小女孩在为下站后转长途车而发愁，她不知道汽车站在什么位置。这时，坐在女孩前前后后的男人都活跃起来，纷纷自告奋勇地揽起给女孩带路的"重任"来。坐在我旁边的男人告诉了女孩车站，不过那是距离最远的一个，要转几趟公共汽车，最后他仍然愿意承担带路的义务。我有些明白了，这些男人带路是假，其实是想亲近女孩。这时，老婆婆站起来发话："小姑娘，你出站后沿马路往右走两百米就到了，出门在外不要轻易相信陌生男人。"听老婆婆这么一说，女孩顿时对老人家感激不迭。一路上，女孩跟老婆婆凑得很近，不停地聊着天。我知道，老婆婆是赢得了女孩的尊重。

火车还有十分钟就要进站了，旅客们都开始做下车的准备。这时，老婆婆从手提袋里掏出一个塑料袋。然后，老婆婆在走道里穿行，把旅客喝干水的矿泉水瓶、饮料瓶收到自己的塑料袋里。很快，老婆婆的塑料袋装得满满的。老婆婆对女孩说："捡这么几个塑料袋，下车后卖给废品回收站，可以换回乘火车的费用。"老婆婆说得自然，反而让人觉得她的举动很平常了。可是，女孩没想到老婆婆会这样做，脸上有一丝鄙夷，捂着鼻子紧靠窗沿坐着。老婆婆再说什么，她也不搭腔了。也许，女孩在一瞬间收回了她对老婆婆的尊重。

"热心为你指路的老婆婆值得尊重，而捡矿泉水瓶换车费的老婆婆，也是值得尊重的。你无法否定老婆婆的热心，也无法否定别人的生活的方式和态度。老婆婆对你的关心是一种爱的表示，尊重便是对爱的接纳和延续，而你对老婆婆的鄙夷却是对爱的伤害。"我忍不住说了这番话，听后女孩惭愧得满脸通红。

将尊重进行到底，不仅需要勇气，而且需要智慧。我们轻易收起了对他人的尊重，更多的时候，并不是他人不值得我们尊重了，而是我们抛却了衡量人生的标准，那就是将尊重进行到底的决心。

送给公交歌手
的掌声

　　前不久，看到一则国家出于安全的考虑，将立法禁止公交卖艺的新闻。于是，脑海里浮现出公交歌手的形象：拎着硕大的音响设备挤上车，在闹哄哄的车厢里高分贝地唱歌，一首歌刚刚过半，便向乘客们伸出索要的手。

　　刚刚放下阅读着的报纸，想在颠簸的公交车座位上闭目养神。突然听到有吉它的声音，睁开眼，在车厢后门边的立柱上，靠着一个精瘦的中年男人。一番公交歌手惯常的"流浪告白"后，男人开始弹着吉它，唱起了他喜爱的许巍的歌。坦白说，男人的歌声还是不错的，但是想着他马上会伸出的手，还有当下拥挤的交通，我的心情莫名地变坏了。

　　男人完完整整地唱了一首歌，公交车竟然只移动了几十米。车厢里的乘客开始把头扭向窗外，或者像我一样闭目做起

"白日梦"，用实际行动表达着自己不会掏钱的决心。可是，男人的歌声并没有停，依旧是许巍的歌，依旧激情澎湃，依旧丝丝入扣，浮躁的心情仿佛也被轻轻地抚慰着。第三首是齐秦的歌，齐秦的歌很适宜让疲惫的、焦躁不安的乘客平静下来，没有人看窗外，没有人玩手机，大家仿佛在听一个小型的音乐会。

在我的印象中，公交歌手的歌声是粗糙的，卖艺的过程也是匆忙而草率的，甚至还有公交歌手用假唱来忽悠乘客。可是，这个男人显然不是那样的，他的歌声很有穿透力，像天王在现场完美地表演。更重要的是，男人不像别的公交歌手唱完半首歌，就把全部的心思用在收钱上了。男人竟然唱足了三首歌，每一首歌都那么专注，是求生的卖艺，更是自我的抒发。每一个乘客付出五元十元，甚至只是一枚小小的硬币，男人都会报以真诚的谢意。车厢里，几乎每一个乘客都有所表示，像我这种平时对公交歌手很抗拒的人，也用小小的心意表达了我对男人的尊重。

我身边的女乘客边掏钱边说："唱得蛮不错的，再给我们唱一首嘛。"男人脸上有一丝感动，一丝羞涩，但是并没有任何实质性的回应，静静地转身走开。比起唱半首歌就要"回报"的公交歌手，唱了三首好歌的男人算是非常"敬业"了。男人已经收足了"回报"，依以往的经验来看，再要他开口"义务"唱歌，无疑是不切实际的奢望。

没想到，男人的歌声还在继续，那一刻，我的心莫名地感动，车厢里的其他乘客个个也是讶异的表情。男人加唱完第二首歌，公交车终于抵达了下一站，我也顺便知道，在城市拥堵的地段，公交驶向下一站，竟然需要五首歌的时间。男人边祝福乘客，边做下车的准备，车厢里顿时爆发出雷鸣般的掌声，那是第一次，我听到了送给公交歌手的掌声，而我也情不自禁地拍打着双手。

公交车继续行驶，男人或许会上另一辆公交，可以预见的是男人会继续受到欢迎，诚恳的他的未来会比现在更美好。

其实，不管你身处何地，事业的发展在高潮或者低谷，不急于求成反而更能平稳发展，淡定从容反而更能获得进步，因为掌声永远是送给脚踏实地的敬业的人。

电梯里的歌声

本来是阳光灿烂的一天，无比惬意的一天：工作顺利、同事友爱、老板和气，不时来打扰午间清梦的推销员也没出现。下班了，正要吹着口哨离开公司之际，接到一通来自 XX 医院的电话：您的朋友莉子出了车祸，请您代为联系家人，或者亲往医院办理手续。

莉子是个漂亮的女孩儿，她不仅是我的老乡，更是我的红颜知己。放下电话，我急火攻心地赶到医院。

莉子在医院四楼的护理室，我挤进了医院唯一一部电梯。电梯里有护士小姐散发的福尔马林的味道，有前面男士汗津津的臭味，还有肥胖大婶刺鼻的香水味，不断有人涌进这拥挤的空间。这时，有个不知忧愁的小女孩轻轻地唱着歌，一遍又一遍。暴躁的我按捺不住，大声地呵斥小女孩，声音大到让我自己都有一些惊讶，也有一些自责。随之而来的是电梯里的寂静，小女孩的歌声戛然而止，电梯也开始上行了。

没想到，电梯还没抵达二楼，一阵轻微的晃荡后，电梯就处于停顿的状态。停顿后的电梯一片黑暗，身边有胆小的女士失声尖叫后，想蹲在电梯的角落哭泣，无奈因拥挤而无法动弹。这位女士可能有幽闭恐惧症，不断地痛哭、不断地尖叫，让本来被困的我们更加浮躁，空气里有一种濒临爆炸般的绝望。可是，电梯并没有恢复运行的迹象，没人在电梯外鼓励受困的我们，我们也丝毫没有自救的能力，等待犹如夸父追日般漫长和遥远。

这时，小女孩的歌声再次飘起，是《隐形的翅膀》。坦白说，这是一首流行程度很高的歌曲，有很多明星和选秀歌手唱过，童声版也有无数个版本。但是，当小女孩用清亮的声音唱起时，那种黑暗中的无助和焦虑，仿佛被一支无形的手安抚着。刚才又哭又闹的女士也安静了下来，过了一会儿，还感激地说："谢谢你，小妹妹，阿姨是个怕黑的胆小鬼。"不一会儿，电梯恢复运行，小女孩在三楼下了电梯，护士小姐告诉我们，小女孩是白血病区的病人，她治愈的希望非常渺小，但每天依旧会快乐地歌唱。

不管是黑暗或光明，不管是健康或病痛，不变的是美丽的歌声，变的是我们的心境，心境的混乱是对好歌无情的辜负。

电梯里的亮光

中午时分，很多人挤进了电梯。电梯启动之前，一个头上扎着蝴蝶结的小女孩赶上了"末班车"。

电梯里人很多，彼此之间都贴得很紧。但是，由于彼此陌生，而且同程的时间有限，于是大家都保持着静默。谁也无意打破这样的沉寂，都抬头看着楼层显示牌上数字的更替。

"咚"的一声，电梯骤然停了下来，电梯里的灯也熄灭了。刚才在大街上还顶着烈烈的阳光，此刻却陷入了无尽的黑暗。大伙都有些不适应，有性急的甚至开始骂娘了。大伙儿怨声四起，猛敲起电梯的墙壁来，还时不时发生身体的冲撞，电梯的空间显得分外狭小了……

突然，电梯里发出一个女孩的哭声。原来，是扎蝴蝶结的女孩在嘤嘤哭泣。脑筋转得快的首先想到，女孩一定是怕黑的。女孩确实是怕黑的，在黑暗中伤心无助地哭着。

　　这时，有个男士掏出手机，摁下键，彩色的屏幕发出一丝光芒。四周的乘客见了，纷纷掏出自己的手机，顿时电梯里呈现出一片彩色的世界，仿佛乡间美丽的萤火虫一般。

　　女孩止住了哭声，被大伙围在了电梯中间。女孩的脸上写满了笑容，犹如在度过一个有亲友陪伴的生日。

　　电梯持续了好长一段时间才恢复正常运转，而这样一片美丽的光芒一直陪伴着女孩。有的人手机已经没有电了，却毫无怨色，一脸温和地看着扎蝴蝶结的女孩。

　　电梯里的人到了自己的楼层，纷纷出去了；而那电梯里的亮光，相信会照亮女孩的整个人生……

水浸车里的诚信

　　大昆是我的老乡，同龄的我们一起在小镇成长，拥有着共同的童年回忆。得知他在南方开了公司、赚了大钱时，我忍不住想：这小子还挺精明的，做生意也有一套。

　　前两天，我突然接到了大昆的电话，他说过来办事想见见老朋友。于是，我见到了久违的大昆，他挺着硕大的啤酒肚，一副大老板的派头。身后停着一款上市不久的新车，车是挺气派的，却给人饱经风霜的感觉。大昆请我在酒店吃饭，菜很多、酒很棒，他趁机聊了许多童年的趣事，友谊让推杯换盏充满着快乐。

　　吃完饭，大昆试探地问我："大勇，你认识二手车行的朋友吗，我想把这辆车卖掉，再换辆新车。"听到大昆说卖车，我刚刚泛起的醉意也没了，联想到几个月前南方的暴雨连连，还有数以万计的水浸车。"大昆真精明，知道南方水浸车难卖，也卖不出个好价钱，所以把车开回来卖。"我一边这么想着，一边答应帮他联络。

没多久，大昆的车就有了买主，是一位本地的年轻人。年轻人在二手车行看到如此成色的车，脸色的喜悦根本掩饰不住。年轻人循例问了："大昆先生，您的车这么新，为什么要卖掉？"我想大昆肯定会说车开厌了，想试试别的车型之类的。没想到，大昆却实话实说："我的车在南方浸过水，虽然是维修好了，我还是不想再开了。"此言一出，不仅是年轻人，我和二手车行的老板都吓了一跳。年轻人还是买了大昆的车，不过比车行的开价低了两万元。

此前一直认为大昆精明的我，却反过来埋怨起他来："你这又是何必呢？揭自己的短，少卖了两万元。"大昆拍拍我的肩膀说："大勇，诚信就是我经营的信念，正是秉承了这样的信念，我的生意才会从小到大，有了今天的规模。我可不想因为一辆水浸车，而丢掉自己诚信的原则，不然真是捡了芝麻丢了西瓜。"

卖了车的大昆是坐飞机回南方的，我亲自去机场为他送行。而我也明白了一个道理：经营的成功不仅需要精明的头脑，诚信也是不可或缺的。

被嘲笑的梦想

　　虎子是村子里的小孩，他从小的梦想就是上清华，在中国最好的大学里念书。虽然虎子聪明又勤奋，在镇上就读小学和中学时期，都是学校的尖子生，但是没有人相信他会是村里第一个上清华的孩子，甚至很多人都笑他不知天高地厚。果然，高考放榜后，虎子以两分之差和清华无缘，去了省城一所普通的院校。

　　嘲笑预言般兑现了，那些人很是得意，越看虎子越像个笑话。可是，虎子却并不在意这些，很珍惜自己的大学生活，只是把梦想继续藏在心底。心底的梦想有着巨大的推动力，虎子将考研的院校选择了清华。最后，虎子顺利地考上了清华的硕士研究生，四年之后圆了自己心底的梦。

　　我也有着和虎子一样梦想被嘲笑的经历。我做着这样的一个梦：希望自己的稿费能超过薪水，甚至做一名完全靠稿费为生的自由撰稿人。公司的女同事知道了我的梦想，和睦相处时，她衷心地祝福我；有了细小的矛盾时，她便嘲笑我的梦想，以增加她对我的攻击力。

我有些感伤，却并不把这些放在心底，将那些嘲笑都过滤了。当我发表文章的频率越来越高，稿费远远超过薪水时，我开始考虑做一名自由撰稿人。再回首时，我知道自己被嘲笑的梦想正在一点点变为现实。

总有一些梦想，在你的心底日日沸腾，却难免被他人嘲笑……不过，嘲笑并不是人生的阴霾，反而能给我们一种前进的力量。当我们的梦想实现时，甚至要感谢那些嘲笑过我们的人，谢谢他们的嘲笑陪着我们走向圆梦时刻。

只坐一个座位

我是城市里的巴士一族，每天挤公共汽车上班、见客户或与女孩子约会。时间长了，我也目睹了公共汽车上的许多怪状，比如上车不刷卡用口技冒充、比如没有人给老弱病残孕者让座……

每每看到公共汽车上的不文明现象，我总是不由得皱起了眉头。就拿大人指使免票的小孩占座来说，人家公交部门明明给小朋友免了票，家长却贪图一时的舒适，让孩子旁若无人地坐到一旁的位置上。哪怕是座位边上有乘客站着，甚至是抱小孩者站立不牢地摇晃着，家长依旧视而不见，弄不好还说句："我们坐我们的，甭管别人。"这样的自私实在不是合适的家教，也无形中侵占了别人的权益。久而久之，竟然无奈地习以为常，不过内心的悲哀从来没停止过。

前不久，我又一次坐公共汽车出门，车上人不怎么多，还有许多空座位。刚过两站，上来个民工模样的男人，带着个脏兮兮的小孩，背后还背着个硕大的行李包。男人径直来到我前面一排坐下，将行李包安顿好，然后抱着孩子靠窗坐下。他身边分明还有位置，可是他依旧选择和孩子只坐一个座位，而且他的选择是那么自然和从容。

没过一会儿，又上来一个衣着光鲜的城里女人，她的孩子明显不够买票的身高，但是她和她的孩子却占了两个座位，就在我的前两排，民工模样男人的前面一排。即时的对照，仿佛一面镜子衡量了他们，顿时也显示出两人的差别。

乘客渐渐多了起来，男人"让"出的一个座位，很快坐了一位鹤发童颜的老人。但是，女人和她的孩子却依旧稳如泰山地坐着，不管她身边是男人、女人或者老者。车上的人越来越多，女人边上又站着个年轻妈妈，怀里抱着个苦闹不止的孩子。这个年轻妈妈是八〇后，显然没有什么经验带孩子，更何况是在摇晃不已的公共汽车上。

女人依旧没有让座的意思，还和孩子一起看着窗外，一副置身事外的姿态。我前面的男人坐不住了，他轻轻地拍拍他前面女人的肩膀。女人回头后，表现出的是厌恶的情绪。男人轻声说："大姐，您抱着孩子，让个座位给这个抱孩子的年轻妈妈吧。"女人不理，眼神里透露着鄙夷，仿佛在说："乡巴佬，要让你让！"男人提高了分贝："您的孩子和我的孩子一样都免了票，所以我们只有坐一个座位的权利，您何必抢别的座位呢？"

　　或许是一个"抢"字刺激到了女人，或许是车厢里聚拢过来的眼神给了女人压力，她终于面红耳赤地让出了座位。坐上座位的年轻妈妈环顾四周，忙不迭地言谢，给男人、给女人、给车厢里每一个人。下车时，女人的耳根依旧红红的，带着孩子仓促地离开了"现场"。

　　男人的选择，让我们明白城里人也好、乡下人也罢，只有遵守"只坐一个座位"的准则，遵守城市里诸如此类的基本秩序，我们的城市才会更美，才会更接近我们所追求的和谐。而我们有理由相信，真正的和谐是没有城乡之别的，也没有贵贱之分，只有融合的完美。

地铁里的笑脸

那段日子，我只身在广州开拓业务，出差的日子被孤单和挫折包围着。可是，工作没有漂亮地完成，我只能继续留在广州，继续每天乘地铁去不同的厂家游说。

秋日的早晨，阳光是那么明媚，一种带着暖意的温度包围着我。可是，我的心却有些消沉，仿佛没有任何热度能融入我的脸庞。进入地铁前，我经过一面镜子，看到镜子里的自己西装革履、文质彬彬，脸上却是腊月的冰霜。

我刚进入地铁，却被一个拿着DV的男孩"盯"上了。那个家伙一身学生装，显然是个稚气未脱的大学生，他冲我说："先生，拜托，笑一个！"他显然激怒了我，我忿忿地自言自语："我凭什么对你笑？郁闷的我除了想揍人，哪笑得出来？"在我的不满继续扩大之前，拿DV的男孩停了下来，一脸诚恳地说："先生，帮帮忙，我这都是为了自己得白血病的女友。"接着，男孩简单地给我讲了个故事——

原来，他的女友得了白血病，康复的机会很渺茫，更可怕的是女孩也渐渐丧失了活下去的勇气。患者的意志力是成功治疗的有效保证，可是女孩的灰心却让医生和亲友担心不已。于是，男孩决定为女孩拍摄九百九十九张陌生人的笑脸，收集九百九十九个陌生人的祝福。男孩说："我并不知道我的努力，会不会给女友一丝生的勇气，但是我不愿意她就此放弃自己如花的生命。"

知道真相后，我的眼角不由得湿润了，为女孩的不幸，也为男孩的付出。我为刚才自己的不耐烦而惭愧，顿时收起自己的愁容，展开了最真诚的笑容，并祝福女孩早日康复，享受世间最快乐的日子和最甜蜜的爱情。

为了配合男孩的拍摄，我不小心坐过了两站，不过这没有什么，只需坐回头的地铁就可以。可是，我想象着男孩在地铁里不断收集着笑脸，心底的消沉也渐渐地消失了。等我走出地铁，重新回到喧嚣的街头，看着煦暖的阳光，我仿佛有了巨大的动力，每走一步都分外地坚定有力。

别让坏情绪成为连绵的阴雨

同事大翔驱车去办事，通过某收费站受到无理的阻拦。和工作人员进行激烈的争执后，大翔顺利地通过了收费站。不过，大翔的心情却立刻陷入了灰暗，胸中积聚着深深的郁闷。所谓"福无双至祸不单行"，情绪不佳的大翔开车撞倒了一对路人夫妇，并造成不同程度的伤害。

到了医院，大翔才想起一句电台主持人的忠告：别让坏情绪成为连绵的阴雨。坏情绪有时候真的会蔓延，在一件不愉快的事件之后，或许紧接着又有新的麻烦。大翔和收费工作人员争执，那只是一个小小的不快，但是发生车祸却是坏情绪的升级。而无辜的路人夫妇却是大翔坏情绪升级的牺牲者，坏心情如果之前是天空的阴霾，那么之后却酝酿成了滂沱大雨。

其实，在我们平常的生活中，难免会有不顺心的事情，或者情绪会在瞬间内变坏。可是，爱也好恨也罢，好情绪坏情绪，我们都应该能拿得起放得下。

我有一个表哥在政府供职，爱人从单位下岗后家庭经济吃紧，于是在居民区开了个早点摊。表哥每天上班前，总要提前三个小时起来，帮爱人打下手把面粉等小吃，笑容满面地端到顾客面前。在政府里表哥是指派科员忙这忙那的科长，到了早点摊却成了"店小二"。不过，表哥丝毫没有不适的感觉，而是全力以赴地在早点摊忙活。虽然早点摊上的活又脏又累也不体面，但是表哥去政府上班时，立即换上了笔挺的西装，精神焕发地投入工作，心情完全没有受到影响。现在想来，表哥的淡定和从容是一种可贵的品质，宠辱不惊的心态可以让他面对生活里所有的风雨。

郑智化患了小儿麻痹症，一直拄着拐杖行走。初恋时，还因为自己的残疾，失去了至爱的女友。他流下伤心的泪水，却依然不忘自己的音乐创作，不放弃对未来的追求。后来，郑智化的歌声影响了我们七十年代人的生活，他也成为我们心中的歌神。郑智化是坚强的，他跨越了昨日的挫折和伤感，拨开乌云见日出，获得了事业的成功。郑智化后来还找到了温柔漂亮的妻子，开始了幸福的生活。

所有能够冷静面对生活，走出坏情绪逃避连绵阴雨的人，最后都会紧紧拥抱住阳光和阳光般灿烂的未来。

善良是昂贵的

　　办公室里的话题很繁杂，但是大家很少提及"善良"。"人善被人欺，马善被人骑"，很多时候，我们都把自己的善良藏得很深，刻意让自己冷漠的一面"出场"。

　　这天，大家在热议报纸社会新闻版的一条消息：病逝的老人将二十万遗产留给了悉心照顾自己的保姆小女孩，而一干儿女却落得一场空。遗产风波带来了很大的争议，很多人认为七十多岁的老人和十八九岁的小女孩有暧昧，当然更多人相信还是女孩的善良为她赢得了财富。

　　这时，有同事大声地说："哦，原来善良也是昂贵的。"他的话很快得到了大家广泛的支持，认为女孩的善良为她带来的利益是昂贵的。但此刻所有的眼光都落在了丰厚的二十万遗产上，却忽略了女孩善良的本质。

　　或许对很多人来说，"意外之财"是有吸引力的，二十万对小女孩确实也是一笔巨大的财富。但是，老人赐予的财富并不是女孩可以期望的，那只是老人"一时兴起"的作为。当然，一时兴起并不能说是错误的选择，老人不将遗产留给儿女，唯一的理由便是他们丧失了善良——没有尽到儿女应尽的孝道。拿着微薄薪水的保姆，其实可以付出的劳动也是有限的。但是，她之所以能感动老人，无疑是她无私的爱心和奉献精神，让老人弥留之际灰暗的心感受到了一丝丝人间的温暖。相比老人的儿女，女孩的心晶莹剔透，这份难能可贵的质朴也是昂贵的，甚至可比价值连城的无价之宝。

　　最近，新闻里还有一个十九岁的女孩罗玮感动着我们。她无偿地将肾捐给一个陌生的病人，她获得的只是身体的伤害和旁人的不理解。罗玮最终能收获什么呢？她能收获的是善良人的赞许，那些善良的人也让自己的心灵得到了涤荡和升华。其实，罗玮的善良也是昂贵的，健康人的肾是不能用具体的价值来衡量的。这份莫大的善良足以令很多冷漠的人羞赧，让一颗颗被冰封的心融化。

　　心与心的沟通，爱与爱的传递，本来是生活中稀松平常的举动。可是，为何爱心变成了奢望，善良也只可望而不可即呢？反倒是那些看似毫不相干的人，在危难时伸出一双手，在渴望慰藉时掏出了一颗心。其实，爱是没有界限的，给善良设防的是冷漠的心。

　　开启我们隐藏的真心、热心和爱心，让善良在这个世界变成主流。那么，不管我们的口袋多么羞涩，我们的生活多么贫穷，我们的心灵将永远无比地富裕，一份昂贵的善良会永远是我们骄傲的"勋章"。

爱的漂流

　　我是个爱书如命的人，看过的书舍不得扔掉，便收藏起来，装满了家中几个大的木箱。闲时，打开木箱，是扑鼻的樟脑丸的气味。而那些整齐地摆着的书让我有一种满足，仿佛那不是飘着油墨香的书籍，而是我巨大的私人财富。

　　最近，单位号召我们响应报社"爱的漂流"的倡议。所谓"爱的漂流"，便是将平时自己闲置不看的书拿出来"漂流"，给山区的贫困学生当课外书。这项倡议很人性化，同事们纷纷表态，明天就把要"漂流"的书带过来。

　　回到家中，我开始琢磨，该拿什么样的书"漂流"？"漂流"是一种爱心的传递，但是对爱书的人来说，心底却有着不小的挣扎。挣扎后，我开始从木箱里挑选"漂流"用的书。东挑西挑，我面前有了一堆书，不过书都有同一个特点：不是少了封面，就是缺了页，或者封底被涂画得乱七八糟。这些都是借书人的"杰作"，借书却不爱惜是我最憎恨的，但是碍于面子只得硬着头皮慷慨借书。我暗暗想，留下这些书我只会看着心烦，而"漂流"出去，山区的孩子们得到的却是精神的食粮。

捆好书，我准备去洗手间，却发现老妈捷足先登。洗手间里的洗衣机在运转着，旁边是大汗淋漓的老妈，还有几大袋脏衣服。那些脏衣服是我中学时代穿过的，一直放在储物柜里。老妈为什么要翻出来？我好生纳闷。老妈见我愣愣地站在洗手间外，便对我说了原由："这些衣服虽然不太时髦但是还很整洁，我准备送给菜场的小贩，他们的收入有限，在农村老家的孩子没新衣服穿。"老妈说话的神情很专注，仿佛看到了远方衣着焕然一新的农村孩子。我不由得想问："既然是送给别人的，您为什么还要洗得那么干净，既费事又费电，这不是多此一举吗？"老妈仿佛知道我会这么说，耐心地回答我："帮助别人是一种爱的漂流，将旧衣服浆洗得干净、整得挺括，其实是对别人的一种尊重，让那份关心不是怜悯和同情，而是一种温情的关怀。"原来，老妈也懂得爱的漂流，她还要继续浆洗旧衣服，我回到了自己的房间。

我将捆好的书放在了角落，重新在木箱里寻找适合"漂流"的书。我选择的标准是：对山区的孩子有用的，整洁而完整的书籍。这仿佛不是一种简单的捐助行为，而是精心为给孩子们准备一份精神大礼。看着面前重新整理好的一叠书，我的心底被一种莫大的快乐包围，仿佛我看到了爱的漂流和漂流后孩子们的快乐，因此我也明白了老妈的用心和博大的胸怀。

光源绝不会被
阻挡在温暖之外

　　在亲友圈子里，我是一个好人、一个善良的人、一个懂得关爱他人的人。渐渐地，我的美誉度越来越高，甚至成为很多人口中或心里的榜样。然而，在我自己心底，我是一个普通而渺小的人，做着自己认为稀松平常的事情，小小的行为却被大家的赞美无限放大了。

　　在我的身边，有一些这样的亲友：要不侥幸发了财，顿时眼高过顶，看不起穷亲戚穷朋友，甚至对穷亲戚穷朋友避之不及；要不就是当着小小的官，摆起官威来倒是不落人后，任你是亲戚还是朋友，门难进、话难听……

　　热情是一扇窗，冷漠是一堵墙，这样的亲友慢慢被孤立了，家里也陷入门可罗雀的境地。后来，他们要么家道中落，要么不幸从高位摔了下来，要么年纪大了，患了严重的疾病。然而，在他们需要安慰的时候，却没有人愿意去接近他们、安慰他们。而我选择不计前嫌地关爱他们，理由很简单：我明白贫穷的滋味，我懂得失落的滋味，我知道病痛的滋味。

于是，有人对我说："人家不高尚，你何必要'仁慈'？"或许在有些人看来，我的行为是多余的、不可思议的，完全没有必要的。我笑着说："关爱他们就是温暖自己的未来，或许未来我也会有贫穷、失落和患病的时刻，我希望今天的关爱换来明天的温暖。""你这样的希望或许会落空的，关爱是一种无私的奉献，存在着没有回报的可能。"对方依旧半信半疑。

说到关爱他人，不得不聊聊在公交车上让座的事情。其实，我是这个城市的奔走族，每天东奔西走、疲惫不堪，更愿意在行进的公交车上坐会儿。可是，遇到老人、孕妇和抱小孩的乘客，我都毫不犹豫地让座。这并不能说我是个特别高尚的人，更没有什么美好神圣的情操，我心底只不过惦记着：等我的爱人有了宝宝，我有了自己的小孩或者老到步履蹒跚时，我也可以在公交车上得到让座的礼遇。

同样的道理，很多人不相信礼遇能换来礼遇，今天的让座或许等来的是明天的"罚站"。可是，我依旧笃信"关爱他人可以温暖自己的未来"，与人为善也是与己为善的一种选择。果然，当我的爱人怀上了宝宝，我们一次次乘车去医院检查时，常常会得到有座乘客的关怀。后来，我们的宝宝出生了，抱小孩的我们也常常被格外关照，心底塞满了感动和幸福。

　　当然，关爱他人并不该追求等值的回报，但是事实上，关爱他人真的能温暖到自己的未来。其实，关爱就像煦暖的阳光，当世界积蓄了足够的温暖，光源绝不会被阻挡在温暖之外。

邻居有多远

　　"明天，我一定能买一张机票飞向天涯海角；但是明天，我不一定能抵达对门客厅的沙发。"记得一位作家在他的作品里这样写道，城市邻里关系的疏离，显然是个尴尬的现实。

　　在我的老家小镇民风淳朴，邻里之间的感情要好许多，别说是经常串串门、唠唠嗑，就算出门办事都不关门闭户。十年前，我们举家搬到了省城，挂了大锁的老屋沉寂而灰蒙蒙的。虽然偶尔也会回到老屋看看，总能遇到那些熟悉的邻居，还热情地嘘寒问暖或者留你吃饭，但是亲近感却免不了有日渐衰退的嫌疑。有时，不由得感慨：城里的邻居再近也是天涯之远，小镇的邻居一旦分割距离不再美……

后来，我遇到了生命中最重要的另外一半，全家动员开始筹办婚事。在写请柬时，我看到老爸不仅写给各方的亲朋好友，还写给几位十年前的小镇邻居。我也知道，老爸回老家小镇的机会比较多，有几次还碰巧遇到了邻居办喜事，并随了一份不大不小的礼。但是，现在正儿八经地送请柬，让邻居从遥远的小镇赶赴省城，是不是有些大费周章？而且，邻居差不多就随一份百元的礼，却要花费百余元的往返车费，赴宴代价如此之大，他们到底会不会莅临？

最终，我没有成功地劝阻老爸，他不仅给邻居写了请柬，而且在回老家接亲戚时，郑重其事地邀请了邻居。据老爸描述："那些接到邀请的邻居很高兴，纷纷表示有时间一定赶来喝喜酒。"虽然老爸笃定邻居的真诚，我却认为邻居只是在说套话，不仅人不会来，或许连随礼都省了。邻居之间其实也会"人走茶凉"，我这么劝老爸时，他却淡淡地，笑而不答。

婚宴当天，许多亲朋好友准时到达酒店，那些熟悉的小镇邻居也结伴而来，有两位来不了的不仅随了礼，还捎上了真诚的祝福。当我公司的同事和一些城里的朋友，知道十年前的邻居也来参加我的婚礼，纷纷表现出惊讶和羡慕的神色。那一刻，我仿佛突然明白了父亲对邻居的重视，而且开始重新审视邻居之间的情感，并认定这种情感来之不易。

邻居有多远？其实并不像作家所说，比天涯海角还要遥远。那份邻居之间的情谊，和我们生命里的知己一样，友谊的维系需要真心的付出、久长的信念和不朽的坚定。

人生没有垃圾时间

市里要举办社区舞蹈比赛，我所在的小区也组成了舞蹈队。舞蹈队的规模很庞大，有四五十位阿姨加入，而最终走向赛场的却不过十二位。舞蹈队练舞的时间安排在工作日的晚上和双休日，小区里的这些阿姨热情很高，几乎很少出现无故缺席练舞的情况。

我和爱人在小区里散步时，总能遇见舞蹈队练舞的场面，每一位队员都激昂、快乐和执著。我忍不住跟爱人说："这些阿姨实在是精神可嘉，比学课间操的小学生还认真，相信她们一定能排出很棒的舞蹈。"爱人却淡然地说："很快，小区就要宣布入选舞蹈比赛的名单了，那些不幸落选的阿姨马上就会泄气了。"可别说，还真不幸被爱人言中，当十二位队员名单一宣布，许多阿姨就不再来练舞了，该打麻将的去打麻将，该逛街轧马路的去轧马路了。想想也对，这些阿姨本来就是冲着比赛练舞的，现在比赛的机会已然失去了，没有继续练下去的动力，也就不足为奇了。如果换位思考，我们自己在平时的学习或工作中，常常不是也因为失去了最初目标，而让满腔斗志从此偃旗息鼓吗？

可是，我很快发现一点点异样：已被淘汰的朱阿姨并没有离开，她成了舞蹈队的第十三名队员。当别的落选的阿姨纷纷悄然离去，或者在远处不甘地眺望时，朱阿姨却一如既往地准时参加练舞，仿佛自己并没有被排除在比赛之外，仿佛自己也是那十二分之一似的。朱阿姨的老伴刘叔是个篮球迷，有了NBA的比赛，总会呼朋唤友去家里一起观看。这天，看球时，我笑着对朱阿姨说："落选了，您还不放弃练舞，您真让我肃然起敬。"朱阿姨笑而不语，倒是刘叔说话了："再怎么坚持也只是陪练，掌声和喝彩总是属于场上的英雄。"朱阿姨并没有被打击到："其实，我是我自己的陪练，人生就是最好的舞台，没有比赛也可以精彩。"

边看球赛，边聊着天，一场NBA比赛也行将结束，一队气势如虹比赛遥遥领先，一队眼见获胜无望士气全无。刘叔指着荧屏上的NBA比赛，对朱阿姨说："你看看，你坚持练舞就跟这场篮球比赛一样，其实已然到了垃圾时间。"当朱阿姨闹明白什么是垃圾时间后，一本正经地说："或许没有比赛的机会，但是练舞可以陶冶情操，可以强身健体，这难道不是一件很美的事吗？其实，人生本来就不该有所谓的垃圾时间，每一寸光阴都值得我们珍惜和雕琢。如果把宝贵光阴当做垃圾时间，我们失去的不仅是年月日、时分秒，更会弄丢进取的精神和执著的气质。"

　　舞蹈比赛如期进行，有人说最后没有看到朱阿姨的身影，也有人说朱阿姨顶替了一位因病缺席的队员。我想，真相到底是什么并不重要，重要的是，朱阿姨坚持练舞不退场，其实已然完成了人生最美的舞蹈。

邻居的拖鞋

　　单身的我自从住进这个环境优美的小区，就全然没有过那种心情舒适的感觉。小区里的每家每户，都被厚厚的防盗门分隔开了，别说串个门，就是打个招呼都没有机会。正被孤单侵扰着，物管的保安又来了：平时要注意锁好门窗，严防小偷啊！

　　时间久了，每每下班回到居住的小区，我的脸便和防盗门一个颜色了，铁青铁青的，仿佛谁欠了我钱一样的。再环顾四周，匆匆来去的居民们都一个表情，仿佛大家并不是要日日生活在一起的邻居，倒是火车站互不相干的路人。家人在一个偏僻的小镇，联系又极其不便，身体有了疾病，也没有嘘寒问暖的人。这样的日子真的很难捱！

　　要出差了，将要紧的钱物放进了保险箱，反复检查门窗是否关严后，才拖着行李箱出门。门外是一片喧哗，原来对门搬来一对慈眉善目的老夫妇。面对一对老人的笑，我机械地应和了一下，并没有多少热情，然后急匆匆下楼去赶班机了。

从另外一座城市归来时，我已经满身疲惫，又遇到了大雨。冒着雨进了小区，到了自己所在的单元，拾阶而上，正要开启房间的门，却发现门前摆放着一双干净的布拖鞋。时刻不敢放松的警惕，让我顿时紧张了起来……

这时，对门的老婆婆出来了："孩子，回来了。这拖鞋是我放的。"听到老婆婆这么说，我顿时满头雾水，不知道老人家的意图。老婆婆拉着我的手，对我娓娓道来：

原来，老婆婆喜欢看报纸，从报纸上看到许多窃贼偷盗的消息，就怕有人乘我不在入室行窃。于是，老婆婆每天放一双干净的拖鞋在我门前，给窃贼以家中有人的迹象，让他们不敢轻举妄动。不仅如此，老婆婆每天还会把那些塞在防盗门中的广告单一一取出来。因为如果窃贼看到广告单在门缝里堆积成山，自然晓得房子主人去了外地，还是无法保障安全。

一个刚搬来的邻居，甚至还没有言语的交流，竟然能如此细心地关心别人，我很是感动，不知道说什么好。一边的老爷爷说话了："孩子，远亲不如近邻，咱们以后可要多关照了。"

我顿时感觉外面的暴雨很远了，阳光也一点点出来了……

第二辑

不妨重组你的人生

人生就是这样，也许我们『换乘』后依旧行驶在原定的轨道上，但是适时地调整却孕育着转机。在我们的生活中，有许多不同的组成部分，失去爱情的人可以用心发现亲情的温暖，清贫的人却一步一步接近着理想，一无所有的人还拥有身体的健康……不断地整合种种生活的元素，那么人生一定会丰富无比，有机会迎来别样的精彩。

悲催也是一粒种子

　　我们一帮要好的朋友，除了大山以外，都是苦哈哈的房奴，还有几个，至今没攒够首付。而大山早在限购令发布之前，就轻而易举地做到满城皆"房"。

　　其实，大山并不是人人艳羡的"富二代""官二代"，也不是家有农田和宅基地被占用。大山所拥有的这一切，都是靠他辛辛苦苦打拼得来的，可以说每一个平方米的面积，都沾满了他奋斗的汗水。和大山比起来，我们就很自卑了。"你的幸福，衬托着我们人生的悲催。"没想到，大山却说："其实，我的人生也是从悲催出发的。"

　　大山提起了他的童年和少年："父母都是老实巴交的农民，家里那真是穷得叮当响。那时候，别说买好看的文具和书包，就算过年也穿不上新衣裳。家乡的年饭讲究吃十大碗，我们家却很少能凑足十碗的。有几年，贴上对联、燃放鞭炮后，关上门，一家人甚至没有年饭可吃。苦到深处是挥之不去的悲催，而我想让家人和自己过上好日子，于是比任何同学念书都用功，最终成为村里第一个大学生。"

接着，大山又开始聊他的职涯："拼尽全力考取了大学，却因为学校的牌子不够响，毕业后的求职路异常艰辛。好不容易加盟一家不错的公司，然而始终因为非名校生，几乎要成为办公室的'边缘人群'。同样的付出、同样的成绩没收获同样的关注、同样的回报，我常常有一种想脱离的欲望。可是，我最终没有被悲催的现实打倒，反而付出数倍于他人的努力，最终不仅收获了迟来的认可，还得到了宝贵的磨练。"

最后，大山才说到他的创业史："从那家公司离开后，我认为自己攒够了足够的经验，于是独立开了一家小小的公司——部座机、两张桌子、三个员工。本以为，自己的创业路会很光明，实际上困难多得难以想象。可以说，做什么都亏，每一单都赔钱，公司陷入入不敷出的境况。我和我的员工没有被悲催的际遇吓倒，最后终于等到了效益扭转的时刻，直到做到今时今日的规模。而我不断买房并不是出于投机的想法，我想这些房子记载的是奋斗的历程。"

见我们集体不语，大山说："我并没有炫耀的意思，我只是认为，悲催是一粒人生的种子。如果遭遇悲催，我们选择的是怨天尤人，最终结出的只能是苦涩的果实；如果我们迎难而上，用积极的态度和努力的工作来面对，往往就能开出娇艳的花朵。"

望千羊，不如握一兔

　　学生时代的理想有二：一，上清华、念北大；二，做科学家。当我将理想写进作文时，语文老师的评语是：与其将理想的剑举得高高的，倒不如从今天脚踏实地——好好学习，天天向上。时光流传，清华北大的校园里不曾有我，我离科学家的距离也日渐加剧。显然，我并没将语文老师的评语贯彻好：光有梦，却没有切实的行动，没有坚持的动力，无法笑到最后也就不奇怪了。

　　参加工作了，我供职的是一间小小的店面，经理也不过比我年长几岁。很快，我就熟悉了店里的大部分工作，不仅能很好地独当一面，甚至还能兼顾其他的工作。回家后，我忍不住对父亲说："经理有什么了不起，凭我的能力，用不了两年，我也能坐上那个位置。"父亲笑着说："好高骛远的人往往登不高、走不远，倒不如看好脚下的路。"七八年过去了，经理倒是换过几任，但是并没有我的份。经理的选派并没有猫腻，只是我并不具备相应的能力，成熟并非一日之寒。

后来，我迷上了写字，文字还没在报刊发表，就整天憧憬着出一本畅销书。一位文坛前辈却跟我说："小伙子，别说你现在没写几个字，就算是写漫长的一辈子，说不定也难有一本畅销书。"出畅销书的梦被捅破了，我自然是有一点点的难过，但是一种从高空回归地面的踏实感，却让我更真切地感受自己、规划未来。于是，我先从简单的练笔开始，接着给本地的内刊、晚报投稿，给全国各地的报纸、海外的华文报纸投稿，发表的稿子也越来越多。出书的梦想，近了；出畅销书的梦想，还很远；在路上的感觉真实，也让我拥有了持续奋进的动力和勇气。

经常看电视相亲节目，一些青年才俊已然很出色，但是往往展望未来时，却不约而同地说："我计划五年内赚到几个亿，十年内让公司在美国上市。"但是五年也好、十年也罢，只不过是很仓促的时光，而且事业也不会总在"快车道"。那些青年才俊难免有夸海口的嫌疑，至于届时能不能实现当初的豪情壮志，恐怕他们也跟观众一样没底。然而，女嘉宾也不是好忽悠的，那些看不见、摸不着的未来，绝对不是她们亮灯到最后的决定因素。

伸伸手、踮踮脚就能抓住的美好，也许挑战性和难度值都有限，但是依然值得我们追逐和珍惜。商谚说：“千羊在望，不如一兔在手。”不管是学生时代的理想、工作上的展望、事业上的追求，还是对美好恋情的追逐，何尝不是“望千羊，不如握一兔”呢？

幸福就是把每一天
都当成世界末日

　　朋友大刘常唱着歌儿问我："世界上幸福的人到处有，为何不能算我一个？"在我眼里，大刘是幸福的，他有显赫的家世、外企的职位和漂亮的女友。可是，大刘却常常皱着眉头，仿佛有化不开的忧愁。

　　一次，我和大刘进行了一次推心置腹的交谈，大刘跟我说："确实，我是社会上人人羡慕的'富二代'，父母都是绝对的成功人士。家族企业在他们的努力下发展得红红火火的，我的姐姐姐夫也在企业中担当重要的职位。可是他们更希望把我留在身边，甚至直接让我成为家族企业的接班人。然而，别说成为家族企业的接班人，即使是现在，我工作太忙、交际太多，又忙着交女朋友，平时和父母见一面都难。"

　　接着，大刘又谈到了自己的工作。"在窗明几净的写字楼上班，捧着优厚的外企薪俸，这是很多年轻人的'理想'。可是，要在外企生存，压力大得几近崩溃，同事之间有着戒备森严的设防，办公室只有政治没有友谊。拿到了高薪，却没有了同事之谊，失去了生活的乐趣，你说我能幸福吗？"

说到自己漂亮的女友，郁闷的大刘依旧没有笑颜。"爱美之心人皆有之，我的女友美貌赛过范冰冰刘亦菲，性格也温柔得如三月的春风。可是，她对我的依赖心很重，就算我给她买再好的品牌包，送她无限额的附属卡，她依旧一副林黛玉的忧愁样。她要我多抽时间陪她，可我应酬多、爱好多、朋友多，哪有那么多闲工夫？"

听大刘这么说，他仿佛真有点四面楚歌的意味，想要找到幸福是一件很难的事。我突然想到在一个相亲节目中专家问嘉宾的问题："如果到了世界末日这一天，你会选择怎么样来度过？"于是，我套用了专家的问题："如果到了世界末日这一天，你会怎么对待自己的父母、同事和女友？"

大刘认真地想了想，说："我会陪父母聊聊天，尝试了解家族企业的运作，评估一下接手家族企业的可能性；在公司，我会试着和同事友好沟通，建立一种竞争之外的友谊，让职场生活松弛有度；对女友，我会推掉八小时以外的应酬，因为女友比客户和朋友更重要，我不愿意冷落了女友，让自己的爱情不经意就飞了。"

显而易见，大刘设想的世界末日这一天，其实是在努力追求幸福，并极有可能收获到幸福的。我接着说："那么，你试着将每一天都当成世界末日，那么幸福还会离你远远的吗？"恍然大悟的大刘顿时释然，脸上重新绽放了轻松的笑容。此后，一直说自己不幸福的大刘变成了阳光青年，很少再见到他一脸阴霾的模样了。

幸福是一种美好的感觉，一种快乐的满足，一种心灵的契合。其实，当我们觉得幸福遥不可及时，不妨把每一天都当成世界末日，在耐心、诚恳和珍惜的姿态之下，幸福绝不会无迹可寻。

在熟悉的地方迷路

　　妹夫买面包车后，不仅方便了他在省城的生意，而且我们也多了代步工具。特别是节假日回数百里之外的老家小镇时，一大家子人把面包车挤得满满当当的。回家的路上欢声笑语不断，长长的行程也变得短短的。

　　以前，我们总是坐长途班车回家，至于车走什么路线，在哪里转弯，有分岔的路口怎么走，那都是司机操心的事情。等到坐上妹夫的车后，不管是走高速还是走低速，我们依旧不操什么心，聊天、吃零食或者呼呼大睡，把找路的重任都甩给了他。在我们的潜意识里，有车一族方向感是没得说的，对他们的信任也是对自己的解脱。很多次，我们在睡梦中，妹夫便把车开回了老家小镇。一抬头，便是那熟悉得不能再熟悉的小平房，父亲堆满了一脸的笑容，而屋内的菜香也悠悠地飘了过来。

由于低速公路取消了不少收费站，妹夫开车走低速的时候比较多，过路费能省一点是一点，至于速度慢一点也没什么大碍。不过，倘若是晚间行车，妹夫更偏向于选择高速公路，为了安全过路费就不计较了。一车人并不会有异议，别说你走高速公路，就算是走水路，只要安全到家也就万事大吉了。于是，我们依旧聊天、吃零食或呼呼大睡，只等到家的那一刻。而妹夫对路线的准确把握，我们也渐渐由钦佩演变为习以为常了。

有一次，我们再次坐妹夫的车回家，在夜色中车子开向了高速公路。当我们聊得热火朝天时，妹夫却说："糟糕，下错了道口。"下错道口又不能逆行回去，绕了好大好大一个圈，车子才重新返到回家的轨道上。没想到，接着，同样的错误犯了第二次，妹夫又一次下错道口，让我们在陌生的城市绕了又绕。回家的时间被大大地拖延，我们还取笑妹夫说："我们回家一年没有十次也有八次，这么多年回了不知道多少次，你竟然在熟悉的地方迷了路。"妹夫淡淡地说："你们要知道，在熟悉的地方迷路是正常现象，反而是去从未到过的城市，却不会轻易地迷失。"

转念一想，妹夫说得也挺有道理：在熟悉的地方我们少一丝专注、多了一些自信，却容易犯一些低级的错误，最终出乎意料地迷失了。反而是到了陌生的地方，我们心底的弦绷得紧紧的，看上去谨小慎微，实际上却潇洒和从容。

其实，不仅仅是开车上路，在很多我们熟悉的领域，何尝不是容易陷入误区呢？

幸福在身边

幸福在哪里？最近心情郁闷的我一遍遍追问自己，直到被问得筋疲力尽，仍然没有答案。难道幸福就这样一点点流逝了吗？于是，我开始策划一次漫长的旅行，希望在远方找寻幸福所在。

出门时，我遇到了省摄影协会的黄老。他显然看出了我情绪低落。黄老捧出摄影包里的相机，眼睛凑到了取景框，然后语重心长地说："其实，幸福就在身边，幸福就在眼前。"

一年前，省摄影协会组织部分摄影家去西藏采风，黄老也在受邀之列。黄老刚好遇到了自己创作的"干涸期"，期望自己的西藏之行能够拍出优秀的作品，从而找回失去的感觉。西藏的风光吸引了所有的摄影家，可是在其他摄影家纷纷摁下快门时，黄老的手和思想一起保持僵硬。在其他人收获丰足的同时，黄老却一无所获。

回来后，黄老依旧陷入"江郎才尽"的落寞里。黄老漫步在熟悉的校园，落英缤纷让秋意恣意泛滥。秋意的低调也契合了黄老的心境，于是他自然而然地举起了相机，摄下了当时的情景。从暗房出来后，黄老被照片上的秋意惊呆了，他终于知道自己找到了创作的成就感和幸福感。幸福继续蔓延，在随后的摄影大赛中，黄老的作品获得了唯一的一等奖。

"美就在我们身边，幸福其实环绕着我们的生活，只是我们缺乏一双发现美的眼睛和一颗懂得把握幸福的心。"黄老的话无疑是醍醐灌顶，让我豁然开朗。

我放下了行囊，心平气和地梳理烦躁的情绪。当我安静下来后，我突然发现幸福其实包围着我，甚至无所不在：个性倔强的女友爱耍脾气，但是那份爱热烈而久长；老总虽然当众批评了我，发的奖金不减反加；一篇中篇小说没能通过终审，新写的一批千字文却在全国各地的报纸副刊发表……

老母亲曾经说过：人要惜福。也许有了太多的不如意，心境的灰暗让我们也失去了发现幸福的眼睛。有的时候，走向远方顶多是一种逃避。而真正懂得珍惜的人，只要看看身边，静下心去体会，便能感触到幸福的存在。

故居如梦

无意中，我穿过那条小巷，一栋日渐破旧的楼房正在被拆除。在建筑工人的忙碌中，在挖掘机的轰鸣中，面前的三层小楼即将夷为平地。这原本只是一栋平凡得不能再平凡、普通得不能再普通的民居，城中这样被拆除的民居数不胜数。

可是，我的思绪定格在了七年前，那时候我在附近一家影楼打工。当时，我租住在这栋民居的三楼，推开房间的窗户，我还能看到一小片草地和远方大片大片的湖水。打工的日子很苦，但是窗外的风景，却能慰藉疲惫的我，让我迅速沉静下来。属于我的地盘不足十平方米，除了一张窄窄的单人床，就是一个小小的书桌。关上房门，这便是我在城市的驿站，遮风挡雨，还能让我藏身于私人空间之中。租住在那里的两年多时间，我笔耕不辍，书写了很多美妙的文字，后来那些文字还相继在报刊发表。我的文字吸引了一位温柔善良的女孩，偶尔女孩会从城市的另一边来看我，我们便相依相偎地在窗前看风景。当然，看风景的我们也可能是别人的风景，毕竟爱比风景更炫目、更美好……

因为工作的原因，我离开了那间民居，但是有空我也会回来看看。窗台上，有一盆说不出名字的花儿，还晾晒着女孩的连衣裙。每每在楼下凝望时，我总会回想自己的过去，往事便如电影情节般浮现脑海，曾经的快乐和忧伤，都成为一种珍贵的记忆。我也会琢磨，房间里一定住进一位漂亮的打工妹，她有着青春的活力，有着热烈的梦想，或许和我一样，也有着看风景的心情。租户搬来搬去，不同的故事在相同的空间里延续，纵使我后来很少去那条小巷，那间民居在我的印象里渐渐模糊。但是，在我的内心深处，那里却安放着我的一段岁月、一段年华，新鲜如红草莓的岁月和年华。

那间民居转眼就消失了，我的记忆或许会出现片刻的空白，甚至连故地重游的机会都不再有。可是，我毕竟不是名人，也不是民居的主人，更阻挡不了城市化的进程。我没有保留故居的权利，故居的意义于我也只是一种情结罢了。

故居如梦，用生命去珍藏的一段梦，断然不会因它的消失而消失，久长的记忆会在心底得以永恒。

不怕慢只怕站

这是母亲在世时常说的话，"不怕慢只怕站"，话粗理不糙，用来敲打做事拖拉、消极怠工的我。字面上的意思很简单，慢慢走总比站着不动要好。流传很广的故事《龟兔赛跑》中，兔子的失败不在于跑得慢，而是"站"在凉爽的绿荫下偷懒去了。

故事里的兔子是可笑的，职场中的我们何尝不是一样？哪怕手上有忙不完的工作，我们依旧三五成群地闲聊，从《快乐男声》聊到《非同凡响》，从《康熙来了》聊到《康熙大帝》，话匣子打开仿佛就没有关上的时刻；明明可以第一时间完成的图纸，却被我们随意地扔在一边，到了最后时刻才上紧发条般全力以赴，完成的效果难免不尽如人意；总有一些梦想很宏伟，却不愿意走出奋斗的第一步，我们喊着不到长城非好汉，却依旧在长城的脚下徘徊……

　　励志的书籍堆满了书店，励志的故事在电视台层出不穷，励志的歌曲一首接一首。我们依旧无法迈出自己励志的第一步，或者让梦想搁浅在走向远方的路上，心甘情愿做个碌碌无为的小人物。不要再嘲笑乌龟求胜的欲望，不要再瞧不起蜗牛前进的速度。或许我们是有着非凡能力的兔子，或许我们拥有获得成功的素质，但是在我们收起步伐的时候，也收起了圆梦的可能。

　　别再去探寻成功的秘诀了，不怕慢只怕站便是最好的解答，如果我们学会了不抛弃、不放弃，不懈怠的精神背后，一定藏着通往梦想的金钥匙。

懒散师傅勤快徒弟

"懒散师傅勤快徒弟"，这是我家乡的一句俗话。大意是：师傅倘若是懒散的，徒弟便会是勤快的，学艺也会特别快、特别精。或许有人说，师傅懒散，徒弟不会有样学样吗？然而现实却并不是这样子。

就拿我父亲来说吧，当年他是小镇数一数二的木匠师傅，油漆装潢技术也一级棒。可是，父亲有着懒散的坏毛病，常常无法如期完成别人的订单，甚至让结婚的新人用不上新家具。渐渐地，父亲懒散的坏口碑就开始风传，甚至闹得小镇上人尽皆知。可是，来上门拜师的年轻人却络绎不绝，大概是仰慕父亲过硬的手艺。奇怪的是，父亲虽然懒懒散散，经常性地消极怠工，甚至工作时间去打牌，但是父亲的那些徒弟们却个个勤奋赶工，手艺也学得快而精。时间长了，小镇上的人都开始说：

"懒散师傅勤快徒弟，要想学好一身手艺，就得找路师傅这样的懒散师傅。"年少的我很好奇，于是跑去问母亲为什么，母亲笑着说："如果师傅太勤快，只知道埋头赶工，哪有机会让徒弟动手？"

后来，我也走上了工作岗位，在一家快速冲洗照片的店打工。由于我是新手，老板对我和那些老同事说："三个月内，绝对不许小路上机器。"后来，我知道老板一方面担心我去操作，会浪费大堆大堆的相纸；另一方面也怕新手上阵，让顾客担心照片冲洗的品质。可是，那些老同事见补充了"新鲜血液"，恨不得把所有的工作都即时"移交"。于是，他们趁老板不在，争先恐后地教我冲洗照片。不到一个月，我冲洗的照片合格率超过了九成九，几乎可以胜任绝大部分照片冲洗的业务。老板见我如此"速成"，也就不再坚持他之前的"禁令"，反而让我放开手脚去工作。

那些老同事从某种程度上来讲，其实就是我学习冲洗技术的师傅。正是因为这些老同事性子里的懒散，促发了他们传授技术的热情，让勤快的我节约了很多时间，少走了很多弯路。其实，职场上总会有这样的元老，他们对新人颐指气使，或者将工作的重担甩给新人。而对于新人来说，抱怨、委屈和难过都是多余的，而且也改变不了职场上的命运，倒不如勤勤恳恳地把工作做好。

"懒散师傅勤快徒弟"，身为新人也该感谢元老的懒散，正是元老的懒散成就了新人的上进。而比起成功的甜美滋味，小小的历练又算得上什么呢？

"懒散师傅勤快徒弟"，其实和"名师出高徒"并不矛盾。职场新人遇到名师的同时，也有可能遇到懒懒散散的师傅，但是获得更大的进步，最重要的品质绝对是勤奋。

寄信求官

那年，没钱念大学的我待业在家，心底一直渴望在省城找份工作。省城，对于刚刚结束学业的我来说，是一座繁华、遍地黄金的城市，却又是彻底陌生的城市。我和省城唯一的联系，就是那里有一位远房的表叔，表叔有一定的权力和良好的人脉。

为了圆自己的进城梦，我时常给这位表叔写信，表达我的问候，也婉转求他帮我介绍一份工作。我给表叔的信很多，表叔却从不回复。只是去省城办事的亲戚捎话回来，大意是表叔收到了我的信，他一定会帮忙，让我耐心等待。

可是，我等待了一个月，又一个月，表叔依旧没有确切的回音。表叔贵人事多，我准备继续等待。母亲显然比我着急，"小勇，求人办事寄信求官是不行的，你得自己亲自去一趟省城。""寄信求官",这是字典上没有的一个成语,估计是老家的俗语吧。大意是:一个人想要去远方做官,他图省事,用书信的方式来争取,最终都没当上官。

母亲的话让我很反感,"亲自去和写信的效果是一样的,表叔才不在乎这些交际上的礼节,而且人家想帮忙一定会帮的。"但是,母亲的唠叨多了,我最终只能硬着头皮去了省城,拎着简单的土特产去找表叔。

表叔见到我,并没多说什么,眼神里有一丝赞许。三天后,我就上了岗,成为了某著名高校的保安。当我在保安的岗位上忙碌时,我总会想起母亲和她"寄信求官"的教诲,甚至时至今日,我都始终铭记。

做人做事不要寄信求官,我希望母亲的教诲可以让大家分享。也希望这个生僻的成语,能够给大家更多启迪。

负责『久仰』

去年的一天，有一位陌生人加了我的 QQ。"请问您是路勇老师吗？"对方问。我答："我是路勇，老师就愧不敢当了，您是哪位？"对方说："久仰久仰！我是小西的爱人，现在要编一本书，想找您约几篇稿子。""小西老师！大名鼎鼎的小西老师！稿子的事没问题，并请代为问候小西老师。"不可否认，对方是小西的爱人，是我爽快答应的最重要的原因。

写作也有十多年了，通过网络认识了天南地北的作家，在频繁的互动中，建立了亲密无间的友谊。也有一些作家常在报刊、书籍上见到他们的文章，拙作也有幸和那些锦绣文字"比邻而居"，但是却一直只有神交，没有对话，小西便是如此。可惜，约完稿、交了稿、领到稿费，我都没有机会和小西聊上一次天，神交依旧神交，对话依旧没有。

前不久，我收到了快递过来的样书，在看到自己入选的文章的同时，我留意到书的主编并不是小西的爱人，而是小西本人。明明是小西本人约的稿，何不自己亲自出马呢？我心底便有了些疑问。

碰巧，我知道作家大权和小西很熟悉，于是将心底的疑问一股脑抛给了大权。大权笑着说："小西的爱人约的稿，小西本人编的书没错，人家可是真正的夫妻档。"我仍有疑问："难道小西的爱人也是个作家，或者是个很厉害的图书编辑吗？可是，为什么她宁愿默默无闻做小西的枪手？"大权笑得更厉害了："小西的爱人根本不是写手，也不是什么编辑，完全是文学界的门外汉。我听小西说过，小西的爱人并不爱文学，对活跃的作家或写手也没印象。小西的爱人是被赶鸭子上架，专门来负责和作家进行联络而已。"

我没来由地想起，小西爱人的那句"久仰久仰"，原来她久仰的是她并不熟知的我，而这个久仰其实有着很大的水分，和"您好""认识您很高兴"的客套话毫无二致。大权见我如此较真，开导我说："被久仰的又不是你一个，我也被她久仰了，还有很多作家都被她久仰了。小西负责编书，小西的爱人负责'久仰'，这样岂不是很好吗？"

总得有人负责"久仰"，看上去有些荒谬，有些难以接受。

但是，我们何尝不是常常心安理得地接受着别人的赞许，也正因为我们的心安理得，真或不真的赞许便开始泛滥，甚至成为了生活中不可或缺的"旋律"。

不再『慢动作』

　　或许是从小养成的习惯，我的性格里有着拖拖拉拉的成分。小时侯，作业总会留到临睡前完成，甚至次日早晨上学前才慌了神，匆匆忙忙去完成作业。长大了，我这种懒汉性格一直没改变，朋友拜托的事情、头头交代的工作，我总会拖拖拉拉直到非做不可。

　　虽然，身边的朋友和公司的头头每每对我的"慢动作"颇有微词，但是我依旧执迷不悟。渐渐地，朋友跟我的交往少了，我在公司里呆了多年，职位依旧"原地踏步"。我心底堆满了烦恼，却不知道问题到底出在哪里。

　　回了一趟老家小镇，偶遇多年前的一位邻居。邻居是一位年长的木匠，手艺精湛受到小镇人的爱戴。和邻居聊过我在城里的状态后，邻居和我回忆起他的年轻时代来——

　　邻居年轻时便展现出木匠手艺的过人之处，当他独立门户开起木工作坊后，慕名而来的客户涌了过来，邻居的生意好得不得了。每次，客户从他那里取走订购的家具，脸上都是满意的笑容。可是，邻居渐渐养成了偷懒的习惯，完成客户的产品时拖拖拉拉的。有好多次，人家等着家具办婚事，可是邻居却不能及时交货，几乎要耽误别人的大事。一些等不及的客户气势汹汹，撤掉了订单，去商场买现成的家具。时间一长，邻居的客户越来越少，人们交口称赞他手艺的少了，多的是他拖拉、不诚信的负面消息。

　　邻居的生意越来越差，自己也几乎面临坐吃山空的窘境。痛定思痛后，邻居立即转变了工作作风，每一单业务都及时地完成，不再"慢动作"。经过一段时间的努力，邻居的许多客户都回来了，生意也重新蒸蒸日上红红火火了。

　　听完邻居的故事，我终于明白自己错在哪里。不再"慢动作"的我有条不紊地履行自己对朋友的承诺，把头头交代的工作写进备忘录。当我摆脱了拖拖拉拉的坏毛病，朋友也回到了我身边，头头对我也多了几分赞许，而我也仿佛找到了一种久违的快乐。

城里的月光把梦照亮

　　这座城市不仅仅属于市民，也属于那些来城里寻梦的乡下人。寻梦的乡下人在别人的城市圆着自己的梦，像歌星唱的那样"城里的月光把梦照亮"。大大的城市是一个绚烂的舞台，每个人都在寻找属于自己的角落，用汗水和青春浇灌着人生的花儿。

　　大凯十七岁便来到这座城市，起初在建筑工地做搬运工，稚嫩的肩膀承载着超负荷的重担。大凯后来因为偶然的机会，开始跟着川菜师傅学厨艺，立志做一名厨帅。大凯十九岁时便成为一家小饭馆的厨师，包吃包住，还有近千元的薪水。寄一部分钱给乡下的父母，其他的钱便存进银行的存折里。大凯很节省，他没有办银行卡，他几乎不会动自己的储蓄。大凯有一个心愿，便是在城市里有自己的房子，不再做泥腿子一族，把乡下的父母接过来，还要娶一个漂亮的城里姑娘。月薪不足千元的大凯有着"庞大"的计划，但是或许在飞涨的房价面前，他的梦最终也只会是梦。

建材店的小老板夫妻来自乡下，曾经过着男耕女织的生活，甚至以为他们一生都与黄土地为伴。可是，在老乡的指点下，举债的他们有了自己的建材店，开始了做生意的全新道路。小老板夫妻吃苦耐劳和气生财，建材店生意盈门，其他店的老板不约而同地患上了"红眼病"。有人说小老板夫妻赚了七十万，有人说他们已经是百万富翁，还有人说他们可以在城里买三套商品房。可是，小老板夫妻依旧店家合一，一天二十四小时都在狭小的空间里打转。小老板夫妻渴望有一天回到老家，不再憋着喉咙说普通话，用土得掉渣的方言闲扯。在自己祖屋的地基上盖幢两层洋楼，养些猪养些鸡养只狗，在田里种点瓜果蔬菜自给自足。

大凯有梦，小夫妻老板也有梦，那都是关于家的梦想，关于幸福的梦想。没钱的大凯向往城市，有钱的小夫妻老板向往老家，通往幸福的梦想永远都没有错。当城里的月光把梦照亮，那份为了梦想的执著便是最完美的姿态，可以将期待幸福的人送到他心中的乐园。

怀旧是一种姿态

　　老家小镇有一场宴席，其实也并非非去不可那种。女友说，拜托亲友随份礼得了，回去不仅浪费车费，还浪费了宝贵的时间。但是我仍拿定主意，坐几个小时的长途车，去参加那场宴席。

　　我知道宴席并非是我最在意的，只是我想去见见家乡的亲友，大口大口地吃家乡的菜肴，放肆地说城里人不待见的家乡话。坦白说，老家小镇与时俱进的步伐并不快。渐渐地，不仅跟城市越来越脱节，甚至不及毗邻的其他小镇。不过，那熟悉的石板路、清澈的河水，还有原生态的花鼓戏，依旧让我躁动的心迅速回到了多年前。穿梭于斑驳记忆中，时光顿时也变得亲切了起来，被安抚的情绪仿佛入戏的演员，早已分不清戏里戏外。

"你这是犯了怀旧综合症。"女友很肯定地这么说。我不由得问自己，怀旧是一种病吗？其实，怀旧只是一种生活的姿态。我们可以拥有一往无前的坚定，也不妨停下来再回首，看看来时路的云和月。不仅是老家小镇的气息值得我们流连，一首八十年代的老歌、一件复古的喇叭裤或者一场校园的露天电影，都会值得我们驻足，出神地聆听、快乐地试穿或安静地感受……

早在两年前，美国的柯达公司宣布一款胶卷停产，虽然这并不代表胶卷会彻底远离我们的生活，但是胶卷时代的逐渐远去甚至消亡，相信并不太遥远。有摄影师不无眷恋地说，那种底片呈现出的质感让人感动，少了胶卷的拍摄是一种精神的缺失。可是，当下，拍摄已经成为稀松平常的一件事，手机、数码相机大行其道，无法否认胶卷已然成为一种怀旧的记忆。

于是，纠结地问自己：是在时尚走向消亡前珍惜，还是用漫长的岁月去缅怀？我们努力地抉择，其实也无从抉择。怀旧，注定是我们生活的一种姿态，那些失去了的美好，必然是我们心尖的痛和幸福。而痛并幸福，便是我们怀旧的情绪，渐渐地，怀旧成了一种时尚、一种哲学。

不
刻
意
的
幸
福

　　几年前，我和热恋中的女友聚少离多，我时常在出差的路途中奔波。到了女友的生日，我早早地计划到她宿舍楼下，用199朵玫瑰和999支蜡烛组成一个硕大的心形的爱的标识。没想到，女友消息灵通，在我采购玫瑰和蜡烛前，及时地"粉碎"了我的计划。女友认真地跟我说："所有的幸福都不是刻意为之，我不要一个轰隆隆的祝福，我只要你多抽点时间陪我。"后来，我主动地选择了少出差、不出远差，其实没有我出差公司照样转，而聚多离少的我们感情更好。

　　有一位旧同窗走上了编辑的岗位，我很关注她的报纸和她编的副刊。我自认是了解她的版面的，可是我源源不断提供的稿件，却很少被她选中刊登。后来，我不再专门为她供稿，有了好的文字常常在博客里发布，任凭网友的到访和点评。有心栽花花不发，无心插柳柳成荫——博客里的文字常常被她选中，接着她会寄来样报和稿费。电话里，她总笑着说："你不必刻意为我供稿，我会关注你的博客，'捎'走适宜的文字。"

陈大超老师是我很景仰的一位作家，知道他的名字超过十年，在网络上联络也接近十年。好几次，我邀请住在孝感的他来武汉小聚，可是抽不开身的他每每无法成行。而我也常常动了去孝感拜访他的念头，阻碍我成行的并不是不远的路程，我担心我突兀的到来是一种打扰。最近，我们有了一次聚首的机会，我和陈大超老师同时被邀请参加一次笔会。用陈大超老师的话来说，"想不到，我们的第一次见面来得如此美妙。"相聚的美妙，不仅在于对相聚的期待，更在于相聚的不刻意，不刻意也是一种缘分，让相聚来得更美。

水到渠成的幸福也是一种美，这样的美像女孩卸妆后清新的脸，像没有伴奏的轻吟浅唱，像清澈透亮的山涧清泉。功夫不负有心人，不刻意并不是无心，淡定从容中，更能得见用心。

有梦的人生不悲催

　　周末，我特地来到 XX 大学侧门，听说那里有一个擦鞋的女大学生。之前，在本市的多个论坛，出现了《悲催！美女大学生甘当擦鞋女》《美女大学生擦鞋，你的悲催我懂的》之类的帖子。

　　当我到达 XX 大学侧门时，一个面容清秀、衣着朴素的年轻女孩已经开始工作了。显然，她的擦鞋技术已经非常娴熟了，一只脏兮兮的皮鞋两三分钟后就光可照人了。擦鞋的人付了钱，起身离去，女孩轻声说："谢谢，慢走！"有些擦鞋的人会多看女孩几眼，有一种看外星人降临地球般的不可思议。更多擦鞋的人已经习惯了女孩的服务，应该不是第一次光顾女孩的生意，俨然成了女孩擦鞋摊的老主顾了。

　　我走向了女孩的擦鞋摊，与其说我是女孩的顾客，倒不如说是心灵的访问者。其实，我脚下的皮鞋并不是太脏，趁女孩完成工作之前，我赶紧发问："你一个女大学生街头擦鞋，你不认为你的青春、你的人生很悲催吗？""悲催是什么意思，悲惨得催人泪下，悲哀得摧枯拉朽？"女孩笑着说，"我今天在街头擦鞋，明天或许开店擦鞋，或者用赚来的钱进行别的创业。有梦的人生从来不悲催，不蹉跎才能遇见人生美好，努力的过程让我乐观、自信和勇敢。"

女孩的话让我很震撼，我知道很多人并不懂她，她的人生比很多人都精彩。这让我想到杀猪的北大学子陆步轩、在济南当挑粪工的女大学生孟佳，让我想到了娱乐圈跑过龙套的周星驰、干过快递员的朱孝天、当过点心妹的张柏芝，也让我想到历史长河中杀过猪的张飞、卖过草鞋的刘备、放过牛的朱元璋……

其实，正如擦鞋的女大学生说的，有梦的人生从来不悲催。那些或艰难或卑微或苦涩的经历，其实并不应该让我们心底记取悲伤，每一页人生都是一种美好的历练，每一种历练都是一份走向成功的营养。

少有人走的路

　　小的时候，我们一家人住在山脚下，面前是一座未经开发的山。山坡绿意盎然，有不知名的飞鸟掠过，树木深处，还有各种或可爱或凶猛的动物。上山本来是没有路的，但是走的人越来越多，在杂草和山石之中，渐渐也有了一条登顶的路。不止一次，父亲、母亲带着我爬山，采摘新鲜的蘑菇、竹笋和药材，也会在山顶的凉亭吹吹风，俯瞰家乡辽阔的全貌。

　　年幼的我非常调皮，不愿安分地行走在"主干道"，仿佛走别人走过的路，跟啃别人嚼过的馍似的没滋没味。母亲总是不肯放手，"少有人走的路，很可能蕴藏着巨大的危险，恐怕你会笑着走进去，哭着走出来。要是有豺狼虎豹在其中，弄不好，我们的乖儿子怕是回不来了。"父亲显然"开通"得多，"少有人走的路，其实就是男子汉的路，只有经历过，不管哭与笑，都意味着一种成长。"

得到父亲的"首肯"，我一有时间就往山上跑，而且专门挑少有人走的路，艰难地向遥不可及的山顶攀登。最初，情况并没有我想象得那么乐观，少有人走的路不是一条好路。好几次，我不仅没有得到一览众山小的快乐，甚至还差点迷失在树林之中。回家时，我不仅弄得满脸都是草汁和泥浆，还在胳膊、小腿肚、手掌手心上留下了道道伤痕。母亲一边摇头不止，一边是藏也藏不住的心疼，"看你以后还任不任性？"

选择少有人走的路，当然不仅仅迎接了麻烦、挫折和痛苦，其实也收获了不期而遇的甘甜。在一条条人迹罕至的山路上，或根本不能称作山路的荆棘之中，我采摘了平时难得一见的野味。至于不知名的漂亮野花、丰硕野果、温顺的狐狸和松鼠，也是我一路上的风景。久而久之，母亲也不再坚持自己的立场，只是在我归来时，拍拍我身上的泥土，或者为我浆洗脏衣裳。而父亲对我总是赞许的眼神，偶尔还说："这才是男子汉嘛。"

其实，新的线路不仅藏着新的风景，也藏着未知的惊喜和际遇，少有人走的路通往美丽新世界——或许是我们遍寻不着的世外桃源，或许是我们期待已久的心灵圣土，或许是我们梦寐以求的终极目标。人生也是一条攀登着的山路，很多人选择平平坦坦的山路，希望安安稳稳地抵达山顶。然而，人生却并不是可以随随便便登顶的，我们往往在平坦的山路上蹉跎，最终却享受不到安稳成功的幸福滋味。

　　是否您也愿意跟我一样，选择一条少有人走的路呢?

捧哏人生
也是乐

单位选派人员参加高级专家研讨会，小恒也幸运地入选与
会名单。最初，小恒很开心地将这个消息告诉我，让我分享属
于他的快乐和幸福。我打心底为小恒高兴，我想小恒单位的选
择，是对他最好的肯定和鼓励。

可是，小恒的脸像六月的天空，说变就变，一会还是晴
空万里，一会便是阴云密布。当我关切地询问缘由时，小恒语
气低沉地说："我看了参加研讨会的名单，其他的同事都是公
司的元老，少则有十几年的工作经验，还有人为单位服务长达
三十年。而我要资历没资历，要能力没能力，我对自己的入选
全无信心。唉，别人都是红艳艳的鲜花，我不过是做陪衬的小
草。""人生就像一出相声表演，有人逗哏就需要有人捧哏，捧
哏人生也可以是一种快乐。"我这么讲时，小恒并没完全被我

说服。

于是，我跟小恒讲了一个相声演员的故事：很多年前，他就开始疯狂地爱上了相声表演，他很艳羡在舞台上耍嘴皮子的演员，无时无刻不盼望着自己也能登台。他等了很久，才获得一些上台表演的机会，然而他并不是逗哏的台柱子，只不过给不同的演员捧哏。很多回的演出，他只是说"哦""是""哎呀，谁说不是嘛"之类的"废话"，根本没有让观众记忆深刻的台词。后来，他和一位逗哏演员配成固定的搭档，他们的相声日渐被观众喜爱，表演的舞台也越来越大、越来越好。可是，身为捧哏演员的他，同样是辛辛苦苦站台，钱却没逗哏演员拿得多，粉丝们送来的花没自己的份。他甚至感到自己的努力，像扔进大海后的小石粒，连一点小波澜都没掀起来。彼时，他跟你一样，也不甘心做鲜花旁边的小草。

不过，很快他想通了，相声表演本来就需要逗哏和捧哏，观众的喜爱有逗哏演员的功劳，但是也少不了自己捧哏的功劳。如果自己不甘心捧哏，不仅在别处换不来逗哏的机会，恐怕只能离舞台越来越远了。他端正态度重新投入到相声表演中，哪怕是"哎呀，谁说不是嘛"之类的"废话"，他也会反反复复地斟酌、认认真真地表达。后来，他跟他的逗哏伙伴一样声名远播，成为观众们津津乐道的优秀相声演员。再后来，他也有机会跟别的相声演员合作，而他不再是说"废话"的捧哏演员，越来越多地成为表演的"主心骨"。时至今日，他早已是功成名就的逗哏演员，而他常爱说的那句话是："如果无法经受捧哏的寂寞孤单，又怎能最终享受逗哏的终极快乐。"

捧哏人生也是乐，这不仅是要说给我的朋友小恒，也说给每一个还没追到梦想、在人生的舞台寂寂无名、无人喝彩的朋友。捧哏到逗哏的路有多长，或许我们一时说不清楚，但适时地珍惜和乐观，却是开启明天最好的钥匙。

不想过每天都一样的生活

1999年，从技校毕业的他被分配到热电厂，那还是沾了在热电厂工作的父亲的光，他才获得了这样的一个机会。进入热电厂后，他被安排专门负责烧锅炉，十八岁的他没有退缩，而且一干就是整整六年。

2005年的一个早晨，灿烂的阳光透过窗户洒在他的房间里，地上由阳光和阴影组成了奇异的图案。或许是那些奇异的图案让他难以平静，他在房间里走来走去，看着墙脚的锅炉工手套，皱起了眉头。在推开房门之后，他大声地对自己说："我不想再过每天都一样的生活，我不要一辈子都在热电厂烧锅炉。"他的话惊动了晨练归来的父亲，在热电厂工作了几十年的父亲，注定在那里干到退休的父亲没有责备他，反而非常开明地说："儿子，你已经二十四岁了，参加工作也有六年了，未来的路怎么走，我和你妈都会支持你的决定。"

其实，二十四岁的他心底是有缺憾的，初中毕业后他就进入了技校，技校毕业后又直接参加了工作，由此也错过了高中和大学的学习阶段，他很希望将自己的学业之路续上。一番权衡后，他放弃了千军万马挤独木桥的高考，转而选择了相对自由和宽松的成人自考。重拾中断了六年的学业，这对于他来说是巨大的考验，特别是还停留在初中阶段的英语，更是让他感觉困难重重。他默默给自己定了个计划，在学习自考其他科目课程的同时，每天还要专门花时间记忆三百个英语单词。复习的过程非常枯燥，英语单词的记忆更考验他的毅力。但是，他总是告诉自己："我不想过每天都一样的生活，今天的努力一定能换来明天的精彩。"

有志者事竟成。2006 年 10 月，他考完了自学考试需要的十五科课程，并在 2007 年拿到了成人本科毕业证。要知道，自学考试的通过率是非常低的，很多自考的学子不仅无法通过所有科目的考试，甚至连所有科目还没考完，就草率地放弃了最初的坚持。然而，他的目标却不仅限于自学考试本科文凭，他还要继续参加研究生的考试，希望去西南政法大学就读法学专业。

虽然他通过自学获得了本科文凭，但是他要继续考研的想法，却不被身边的亲友看好。父亲生日那天，家里来了很多亲戚，有亲戚用半开玩笑的语气说："你要是能考上，我就能用手板心煎鱼。"说完，亲戚还摊开手板心，做出一副要煎鱼的架势来。当时，他的父母顿时都变了脸色，他却一点也不被亲戚泼的冷水所影响。最后，他还笑着说："我会加倍努力的，到时候，请大家来尝手板心煎的鱼，看那到底是啥味道。"

他说得非常轻松，不代表有任何的松懈，反而像是上足了发条似的。为了备战考研，年纪轻轻的他头发大把大把地掉，脸上长满了奇怪的斑，体重也由一百多斤降到九十斤。直到参加完硕士研究生的考试，他才放下心理的负担，在考点附近的酒店房间里，像个孩子般在母亲的怀里放声痛哭，足足有一个多小时。很快，他拿到了西南政法大学法学硕士专业的录取通知书，来家里道贺的亲友络绎不绝，其中就包括要在手板心煎鱼的那位亲戚。亲戚没办法实现手板心煎鱼的承诺，却为他送上一部新的笔记本电脑，算是为自己小看他的一种赔罪。

背着这台崭新的笔记本电脑，他在西南政法大学开始了硕士研究生学习。三年期间，他比别的同学更加勤奋，因为他常告诉自己："没念过高中和大学，所以必须比别人更下工夫。"比别人更下工夫的他，年年拿高额奖学金和助学补贴。硕士毕业后，他甚至还将这笔钱的结余交给自己的父母，据说是一笔不小的数目。

硕士毕业后，他立即就投入了博士生考试的备考。这一次，所有人都送给他诚挚的祝福，那个曾经跟他开玩笑的亲戚又发话了："这一回，你要是考不上，我才会用手板心煎鱼。"好消息在大家预料之中到来，他顺利地通过了博士生考试，成为西南政法大学博士生导师刘想树的弟子，并获得一等奖学金和免除三年学费的优待。

他就是四川小伙子梅傲。在心甘情愿当了六年锅炉工后，他又花了六年的时间，从一个没念高中和大学的技校生，成为了西南政法大学的博士生。

梅傲的成功之道并不神秘，"不想过每天都一样的生活"便是支撑他进取的信念。其实，我们每个人都不希望明天复制今天，今天复制昨天，但是依旧离成功远远的，缺的是宝贵的信念以及永不放弃信念的精神。

不妨重组你的人生

在武汉，坐703路公共汽车从武昌到汉口；车到武胜路，需要换乘另外一辆703继续前行。这给乘客们带来小小的不便，我曾经也是牢骚满腹的一分子。

可是，时间长了，我却喜欢上了这种换乘的形式。公共汽车没有对号入座的规则，换乘后，没座位的或许有了座位，有座位的兴许要"罚站"，或者坐上不同的位置。先前旁边是脱了鞋晾脚丫的大老粗，突然变成了温馨可人的白领女郎。乘上公共汽车，去城市的另一边，不论是为了公事或者私事，一个小时的车程都是乏味的。但是，换乘也是一种新鲜的体验，可以涤荡心底的坏情绪，然后重新进入新的行程。

下了703路公共汽车，乘客们依旧要面对自己芜杂的生活。人生在世，总会有这样那样的理想，还有种种不请自来的烦恼。

我有一个朋友是小镇政府的秘书，整天被围在琐细而无聊的文件里，仿佛水底无法透气的鱼儿。后来，朋友发挥自己的业余爱好，加倍勤奋地写作并向外投稿，渐渐文章开始发表，并有了一定的名气。朋友虽然依旧是小镇政府的秘书，但是他的文字受到许多读者的喜爱，还在不少报纸开起了专栏，和一些名家"平起平坐"。朋友是快乐的，因为在重组人生后，他的人生打开了新的天地。

其实，我们不妨像换乘公共汽车一样，重组一下自己的人生。人生就是这样，也许我们"换乘"后依旧行驶在原定的轨道上，但是适时的调整却孕育着转机。在我们的生活中，有许多不同的组成部分。失去爱情的人可以用心发现亲情的温暖，清贫的人却一步一步接近着理想，一无所有的人还拥有身体的健康……

不断地整合种种生活的元素，那么人生一定会丰富无比，有机会迎来别样的精彩。

第三辑

你不会永远比韩寒差万倍

我们每个人都有热情，都有梦想，都在不停地跋涉。可是，在拼命赶路的同时，我们也不能忘记要停下来思考人生，思考比热情更重要的方向。如果成功真的有捷径，正确地选择方向应该也算其一吧。

半山腰也有风景

　　参加某杂志的作家笔会，地点就在武汉市郊的木兰山。木兰山，因木兰将军而得名，是木兰将军的故里。

　　其实，木兰山算不上是什么高山，海拔不足六百米。可是，就算海拔如此低的山，依旧会难倒爬山的人。这不，来自山东的周姓作家爬不动了，摆动着肥胖的身体说："你们别全都到山顶了，留两个陪我在这半山腰斗地主吧。"好说歹说，只有来自山东也是胖子的王姓作家老乡"惜"老乡，找了副象棋二人对弈起来。

　　"不去木兰山的金顶看看，你就白来木兰山了"，"毛主席都说过，无限风光在险峰，哥们儿别放弃啊"，"会当凌绝顶，一览众山小，半山腰会有什么风景"……参加笔会的众作家纷纷劝他们不要放弃，然而两个胖子却不为所动。继续爬山的作家们为他们惋惜，也为越来越开阔的风景而着迷。

　　下山后的作家像满载而归的农民，美景尽收的喜悦和抵达金顶的兴奋，是作家们此行最大的"收成"。到了半山腰，只见周姓作家和王姓作家收了棋盘，兴致勃勃地和山民们聊着天。众作家纷纷向两位胖子炫耀，然而在半山腰休息够了的他们依旧毫不心动。接着，周姓作家还说："我们刚才欣赏了轿子爬山的精彩，你们都错过了吧？"

　　众作家仔细回想，半山腰真的有一顶轿子，大家本以为是拍照的背景。而此刻，轿子真的不翼而飞了，在陡峭的山路上，轿夫是如何上山下山，轿中又坐了什么人，是一长串吸引人的谜。最终，我们只能在两位胖子的数码相机里，间接体会一下轿子爬山的精彩，而心底却不由得有了一丝遗憾。

　　"想不到半山腰也有风景啊！"于是有作家感慨地说。这样一来，半途而废的两个胖子不但不窝囊，反倒成为人人羡慕的对象。于是，我不由得向两个胖子伸出了大拇指。而王姓作家却把我拽到一边，悄悄地说："其实我们在半山腰差点也呆不住，下了几局象棋就准备下山，幸好最后坚持住了。"

　　山顶风光无限，半山腰也有风景。其实，人生没有一趟旅程是毫无意义、没有收获的。"往前一步是幸福，退后一步是孤独。"哪怕你没有攀登巅峰的信念，也不要轻易地提前草草退场。说不定，最美的风景、最好的表演，就在你转身之后到来。

五十岁逐梦也不迟

　　静下来想想我们的未来：五十岁，半百之年的我们开始倒数，期待退休时刻的快点到来；六十岁，花甲之年的我们没了工作的负担，游山玩水成为我们晚年的乐趣；七十岁，古稀之年的我们步履蹒跚，坐在摇椅上回忆着光辉或平凡的岁月。

　　再看看葡萄牙作家萨拉马戈的人生经历：五十岁，二十五岁出版第一本小说未获成功的他，时隔二十几年重新开始笔耕不辍的生活；六十岁，他才凭借以 18 世纪的宗教审判隐喻葡萄牙后独裁时代的小说《修道院纪事》成名；而以作品《失明症漫记》获得诺贝尔文学奖时，他已经是七十六岁的高龄了。

　　二十五岁到五十岁，这应该是一个作家思想活跃、文笔日臻成熟的阶段，也是非常容易出成绩的阶段。可是，老天却和萨拉马戈开了个大大的玩笑，第一本小说的出版让他由焊工成为作家，可是随后的二十多年却没让他在文学上获得更大的成绩。这二十多年，萨拉马戈开始了新闻报道和戏剧创作的部分，虽然和文字依旧有着紧密的联系，但和文学的梦想却有了不小的偏离。

或许很多人都认为，萨拉马戈不会再有新的作品问世，更不会获得举世瞩目的成就。可是，萨拉马戈心底怀揣着追逐诺贝尔文学奖的理想，这样的理想从来不曾在他的心底冷却过。当萨拉马戈五十岁那年，选择重新以写作为业时，身边的亲友们吓了一大跳。只有一位非常要好的老友鼓励萨拉马戈："五十岁逐梦也不迟，加油吧，伙计。"

《修道院纪事》出版时，这位老友因病去世了，萨拉马戈无比地悲伤。在感叹岁月无情的同时，萨拉马戈更加勤奋地写作，完成了包括《失明症漫记》在内多部优秀作品。后来，《失明症漫记》获得了诺贝尔文学奖，获奖理由是："由于他那极富想象力、同情心和颇具反讽意味的作品，我们得以反复重温那一段难以捉摸的历史。"

萨拉马戈获得了姗姗来迟的肯定和荣誉，当然要感谢忠实的读者和诺贝尔文学奖的评委，但是更应该感谢自己五十岁开始逐梦的决心。或许正是死亡近在咫尺的可能，才逼得萨拉马戈拼尽全力去爆发，去开拓自己的无限潜力。就像萨拉马戈曾说过："我已经不年轻了，所以每一部新作品的开始，对我来说都是一个挑战。我写的每一本书都有可能是我的绝唱，如果我的最后一部作品不尽如人意，那会是很可怕的。"

　　萨拉马戈给我们的启迪是：如果想成为超级成功人士，哪怕是从五十岁开始逐梦也不晚，成功的大门不会轻易关闭。其实，任何人成就一番丰功伟绩，不在于从十五岁还是五十岁开始逐梦，而在于是否有将梦想进行到底的热情和决心。

别让辜负成为
人生的标签

"未哭过长夜的人，不足以语人生。"留下这句哲理箴言的是托马斯·卡莱尔，他是 19 世纪苏格兰评论家、讽刺作家、历史学家，代表作有《法国革命》《论英雄、英雄崇拜和历史上的英雄业绩》《过去与现在》。他的作品在维多利亚时代甚具影响力，到了 21 世纪的今日，我们依旧习惯称他"文坛怪杰"。

托马斯·卡莱尔有一个众所周知的爱情故事，不过他最终扮演了"辜负者"的角色：家境不错的简·威尔斯是个聪明又迷人的姑娘，由于倾慕托马斯·卡莱尔的才华，她放弃很多待遇不错的工作，选择做托马斯·卡莱尔的秘书，日日夜夜陪在他的身边。托马斯·卡莱尔被简·威尔斯打动，两人决定喜结连理，成为了一对幸福的小夫妻。婚后，简·威尔斯并没有"退居二线"，而是继续做托马斯·卡莱尔的秘书。后来，简·威尔斯不幸染病，全身心投入写作的托马斯·卡莱尔太粗心，没有及时劝阻操劳的简·威尔斯。甚至简·威尔斯病倒，托马斯·卡莱尔也依旧以自己的写作为先，很少抽时间去陪伴病妻。

简·威尔斯去世后，托马斯·卡莱尔悲痛莫名。一天，他来到简·威尔斯的房间，坐在她床边的椅子上，看到床头柜上放着简·威尔斯的一本日记，便顺手拿起来看。看了一些后，他震惊了，他看到她这样写道："昨天他陪了我一个小时，我感受到天堂般的幸福，我真喜欢他总这样。"

他意识到自己忽略了很多。一直以来他都把精力投入到工作中，对妻子那么需要自己竟全然不知。然后，几句令他心碎的话映入眼帘："我一整天都在倾听，期望大厅里能传来他的脚步声，但是现在已经很晚了，我想今天他不会来了。"

托马斯·卡莱尔又读了一会儿，然后放下日记本，冲出了房间。朋友在墓地找到他时，他满脸泥浆，眼睛哭得红肿，泪水不停地从脸庞滑过。他反复念叨着："假如当初我知道就好了，假如当初我知道就好了……"但为时已晚，托马斯·卡莱尔深爱着的简·威尔斯永远离他而去，他陷入了辜负爱妻的懊恼中。

爱妻的离去让托马斯·卡莱尔备受打击，这也是意料中的事情。但是，让人震惊的是，托马斯·卡莱尔几乎彻底放弃了创作，再也没有任何新的作品问世，深刻的历练让他留下之前的那句哲理箴言。"文坛怪杰"的"提前退场"着实让读者遗憾，用时下流行的话来说，这实实在在地伤了广大粉丝的心。

小杰克就是广大粉丝中平平常常的一个，他为托马斯·卡莱尔深邃的思想和风趣的文笔所吸引。每当有托马斯·卡莱尔的新著问世，他总是第一时间去书店采购。托马斯·卡莱尔在各地的演讲，小杰克也会贴身跟随，不愿意错过任何一次心灵洗礼的契机。可是，痛失爱妻的托马斯·卡莱尔让小杰克的崇拜难以为继，封笔的托马斯·卡莱尔切断了他和粉丝之间的联系。

不过，小杰克并不甘心在"故纸堆"里和托马斯·卡莱尔亲近，他想用自己的努力改变消沉的"文坛怪杰"。于是，小杰克开始用书信的方式和托马斯·卡莱尔联系，还会引用托马斯·卡莱尔著作中一些有趣的段落，字里行间都是对偶像的安慰和鼓励。小杰克并没等来托马斯·卡莱尔的任何回复，他不知道是托马斯·卡莱尔没看自己的信，还是根本听不进自己的规劝。

小杰克并不灰心，他还亲自去托马斯·卡莱尔居住地去探望偶像。那是托马斯·卡莱尔N+1次去简·威尔斯的墓地，返回后心情依旧是浓稠得化不开的忧伤。托马斯·卡莱尔对小杰克精心准备的礼物视而不见，小杰克随后的一堆温暖的、鼓励的话，也没让托马斯·卡莱尔抬一下眼皮。那一种受伤的感觉，就像病中的简·威尔斯，在无望的渴求中，热情渐渐地凋零了。

托马斯·卡莱尔在辜负爱妻后，又辜负了钟爱自己的粉丝，小杰克从此淡出了托马斯·卡莱尔的生活。或许托马斯·卡莱尔自己都不知道，辜负成了他人生尴尬的一道标签，从而也让本应缤纷而厚重的人生，很不幸地有了抹不去的遗憾和伤痛。

其实，与其"哭过长夜"再"语人生"，倒不如该珍惜的时候珍惜，绝对不轻易辜负不该辜负的人。那么，自己的人生更美满的同时，也会让被珍惜的人获得幸福。

韩寒差万倍
你不会永远比

　　我有一个八〇后的写手朋友，大学阶段便在全国各地报刊发表文章，还获得过大大小小的征文奖项。大学毕业后，他虽然找了一份清闲的工作，但是怀揣在心底的文学梦从来不曾冷却，工作之余都在电脑前不停地敲来敲去。

　　这个写手朋友学明星徐静蕾、作家韩寒，也在新浪开通了自己的博客，将自己写的文章悉数贴在博客中，让熟悉或陌生的朋友们阅读。徐静蕾和韩寒的博客人气高涨，很快博客访问量就达到惊人的千万之多，而我的写手朋友博客的访问量只有可怜的一千多。后来，包括韩寒在内的名博访问量更是达到骇人的过亿，而写手朋友的博客只拥有刚刚过万的访问量，纵使"升级"到两万的访问量都遥不可及。

　　写手朋友说了一句很泄气的话："看来我真的永远比韩寒

差万倍，别说追赶他，就是缩短彼此之间的差距，都很难很难。""你不会永远比韩寒差万倍。"当我鼓励他时，他眼底积蓄的失望丝毫不曾减退。他还说："不仅是博客访问量韩寒胜我万倍，就拿出版书籍来说，韩寒的书动辄卖几百万册，而我的书却没有出版社愿意出版。如果我掏腰包自费出版，四处推销能卖出几百册，估计就谢天谢地了。"

每一次和韩寒比较，同为八〇后的写手朋友总是黯然神伤。幸运的是，写手朋友并没有放弃写作，那些唯美的文字层出不穷，占据着市面上的各种报刊。写手朋友也渐渐小有名气，出版社主动联系为他出了本励志文集，最终卖出了一万多册，也算是成绩不错。想到他总是喜欢和韩寒比较，甚至说自己比韩寒差万倍，我打趣地说："你一本书卖一万多册，难道韩寒一本书能卖一亿多册不成？"

他眼睛顿时炯炯有神，兴奋地说："你说得没错，我不会永远比韩寒差万倍。有几次，我和韩寒一起参加笔会，我住的一百八十八元一晚的标间，韩寒住的不过是七百八十八元一晚的。现场，韩寒的粉丝确实多得数不清，而我也有为数不少的粉丝。当我跟韩寒说，我曾经以为自己比他差万倍时，韩寒告诉我："人生就像一场赛车比赛，只要不甘落后就有希望，总有一天你也可以是第一名。"

在我们从事的领域中，比先行者或者偶像差万倍，其实也并不是什么可怕的事情。只要坚信自己不会永远比他们差万倍，勇往直前地朝着自己的目标奋斗，纵使真的无法完全地超越他们，而追赶的过程无疑也是最大的成长，不知不觉我们也能获得耀眼的成就。和先行者或明星之间万倍甚至更多的差距，绝对不会是永远无法逾越的障碍，关键看你有没有轻易被差距吓倒，以及有没有坚持不懈的信念。

南辕北辙
的热情

　　朋友大刘要结集文章出书，可惜，大刘的文章都是一些幽默段子，出版社以此类文集无市场拒绝了大刘。大刘忿忿地说："这些幽默段子都在报纸副刊上刊登过，报纸有过百万的销量、数百万的读者，这么多读者关注，你能说没有市场吗？"

　　没多久，一家文化公司的编辑联系了大刘，先对大刘的文笔恭维了一番。接着，编辑说可以低价帮大刘出自费书，首印1000册，卖完这1000册，不仅能收回自费出书的成本，还能小赚一笔。大刘顿时被热情冲昏头脑，立即有一种千里马遇到伯乐的快感。大把的钞票一掏，合同一签，很快文集便印刷出版了。

　　书店没有属于大刘的位置，他打起了满街报刊亭的主意，

　　他说："全市少说有几百个报刊亭，一个书亭卖几本，我的书就脱销了。"可是，跟大刘最熟的一个报刊亭老板说："市民愿意买1元钱的报纸、20元的时尚杂志，却不愿意买书。书搁在报刊亭卖，除非是明星名人的畅销书，不然还真卖不动。"

　　抱着新出版的书，大刘耷拉着脑袋离开，报刊亭老板大声说，"刘，你家在那边，你走错方向了。"那一刻，报刊亭老板无意中的一次提醒，却让大刘明白：其实，自己的热情是南辕北辙的，有时方向比热情更重要。此后，大刘放弃了继续出书的想法，用心地创作，写出了不少好作品。一些幽默段子还被相声小品演员看中，被改编成脍炙人口的好节目。

　　和大刘一样，其实我们每个人都有热情，都有梦想，都在不停地跋涉。可是，在拼命赶路的同时，我们也不能忘记要停下来思考人生，思考比热情更重要的方向。如果成功真地有捷径，正确地选择方向应该也算其一吧。

你是自己最好的访客

朋友真的很用功，每天都在不停地码字。码完字，不是传给报刊换钱，而是贴在私人的博客里。

可是，博客的访客很少很少，浏览量从一位数到两位数；很快，从两位数到三位数；也没用多长时间，从三位数到四位数；过了很久后，却进步缓慢了。让朋友郁闷的是，在博客里来来去去的，除了几个熟悉的朋友，便是随意"踩"上一脚的淘宝卖家。

朋友陷入了无人欣赏的烦恼里，渐渐地，不仅没有了更新博客的习惯，甚至连码字的兴趣也没了。好几次，我见到朋友对着关机的电脑发呆，仿佛弄丢了很宝贵的东西。我猜中了朋友的心事，相信都是博客的浏览量惹的祸。

一次，我自作主张地打开了朋友的电脑，还点击了收藏夹里的博客链接。指着朋友的博客，我笑着说："你是不是每天都会看几次自己的博客，不仅关注访客的'足迹'和留言，也会孤芳自赏地一遍遍看自己的博文？"朋友点点头，而我接着说："不管是明星牛博，还是草根名博，或者普通人的博客，自己永远是最好、最忠实的访客。如果连自己都选择放弃，那么就等不到星光闪耀的时刻了。"陷入迷惘的朋友，仿佛在黑夜的海上看到了一盏航灯，顿时豁然开朗。

朋友继续坚持写博客，博文开始被网友转载，被单位系统内的报纸转载，被省城的大报转载。关注朋友的访客越来越多，博客的浏览量与日俱增，甚至被陌生的访客链接，成为固定关注的对象。或许朋友的博客还不算很火，但是随着浏览量的增长，朋友却找到了心理的满足，那种快乐甚至是金钱都无法取代的。

"你是自己最好的访客。"孤芳自赏有时也是一种动力，我们只有拥有这样的动力，才会有抵达梦想巅峰的勇气和力量。

拜师 我没有必要

是两位写手的故事。抱歉，我不会主动告诉你他们是谁，文末也不会"按惯例"揭晓答案。

两年前，小A已经是全国很知名的写手，虽然没有加入任何一级的作协，却已经是多家文摘杂志的签约作家，拥有数量庞大的读者群。两年前，小B的文笔还很稚嫩，别说有什么名气，就算在报刊发篇稿都难上加难。在撰稿论坛上，小B发贴说，如果有机会见到小A，一定会拜小A为师。我们都看到了小B对小A的崇拜，也从拜师之说中看出，其实小B也想成为小A。

两年过去了，小A依旧强大，在报刊发表文字、开专栏，畅销的小说出了一本又一本。两年过去了，小B不再是两年前的小B，小B的文章也开始遍地开花，连一些报刊编辑都谦卑地称呼他"B老师"。很多时候，小B的文章紧挨着小A的文章，甚至在每月优秀文章的评选中，小B还多次超越了小A。

终于，小B见到了小A，在某杂志的作家笔会上，他们都是笔会的座上宾。见小B和小A相谈甚欢，有人想到了小B拜师的贴子，于是悄悄问小B："后来，你真的拜小A为师了吗？"小B笑着说："后来，我想了一下，我没有必要拜小A为师。"小B确实有了进步，甚至有了名气，但是他的狂妄还是很让人吃惊。问话的人顿时一时语塞，小B笑着说："我并不是认为小A老师不优秀，不是一个值得学习的前辈。但是，小A老师擅长小小说，中、短、长篇小说的创作，而我愿意尝试轻松愉快的励志小品文，我们的发展方向可以说是完全不一样的。纵使我拜小A老师为师，以我的资质也不可能成为他，那么我就没有实施拜师的必要了。"

可以想象，小B没有拜小A为师，他探索之路充满未知的黑暗。但是，成功地厘清自己的方向，拒绝拜师、拒绝盲从，反而让小B获得了通往成功的捷径。小B不断努力，终于和小A平起平坐，甚至在一定程度上超过了小A。

其实，这个正是启发着积极进取的朋友们：坚持一个正确的发展方向，其实比找一个很牛的老师更靠谱。

我的成功不可以复制

　　为了找到一份好工作，我订了几份人才类的报刊，还买来《面试必胜秘籍》之类的书回来看。我每天都在看别人求职的故事，从那些成功或失败的案例中，我希望寻觅自己的成功之路。

　　而最让我震撼的一个求职故事，却是文友在 QQ 上告诉我的：有一个年轻人大学毕业后踌躇满志，想找到一份跟文字有关的工作。可是，他并不是名校的高材生，甚至大学阶段的专业并非中文或新闻，不对口的专业徒增求职的难度。可是，年轻人早在学生时代便迷上了写作，在全国各地的报刊发表过数不胜数的文字。年轻人买来一个编织袋，将发表过的样报样刊装了满满一袋子，然后扛到报社老总的办公室。当时，老总非常地惊讶，或许因为年轻人的"雷人"举动，或许因为年轻人出众的才情，最后，年轻人甚至没拿出自己的毕业证书，老总便拍板让他担任报纸的副刊编辑，这是年轻人梦寐以求又觉得可望不可即的职位。

文字圈的朋友差不多都听过这个故事，故事里的年轻人就是《合肥晚报》副刊编辑张小石老师。由于平时也有向外投稿的习惯，我早已成为了张小石老师的作者，现在还是亲密无间的文友。于是，我给张小石老师打电话："你的壮举让人钦佩，我要复制你的成功，也要用大量的样报样刊打动报社老总。"没想到，张小石老师笑着说："我的成功不可复制，当初因为报社正好有职位的空缺，而老总又是一个重采编能力也重文采的人，所以我才能成为幸运儿。但是，这并不代表每个人都能拷贝我的经历，当前报业对人才要求越来越高，会写的写手和会编的编辑还是有较大的差距，建议你还是调整求职方向再试。"

张小石老师的话敲醒了我：不管是纸上的还是现实中的成功案例，其实都不是可以轻易复制的。当然，如果一定要复制成功者，可以复制的应该是永不磨灭的自信，而自信才是创造奇迹的最大动力。

回访是一种礼貌

　　我不是明星名人，没有大把的粉丝，博客访问量不会动辄过千万、上亿；我更不是草根名博博主，没有网站的反复强力推荐，访客人数也就可怜的五位数。

　　不过，我依旧爱写博文，爱经营自己的博客，爱图文并茂地装扮它。足球运动员总期望用最好的状态去比赛，而我希望自己的博客像笑脸迎宾的茶馆。虚拟的博客没有香醇的茶水，但是评论或留言的空间虚位以待，比起那些闭门谢客的牛人，我的热忱应该也算能拿高分。就像每篇博文都是我的心声，每张图片都是我精挑细选，而每一个访客都是我的精神财富。

　　现实世界，朋友来了有好酒、不醉不归；在博客的世界里，字里行间的真性情，便是我不打折的真诚。访问我博客的多是我的文朋诗友、读者和交好的故人，来来去去没有名人。最大牌也不过娱乐边缘人姜银，为一篇涉及到她和杨臣刚绯闻的娱评而驻足过。

访客们的只言片语应该是一缕风，丝丝入扣吹进我寂寥的心田，或许只是留下浅浅的足迹一枚，却像一道友善开启的门，打开一路回访的街灯。礼尚往来，是做人最基本的传统美德；关乎博客，回访便是一种必要的礼貌。沿着访客来时路，探访一个个陌生或许熟悉的博客，那种心情于我像刺激的探险，更像一种无比温暖的拜访。片刻的驻足或者用心的留言，我想在某个博客的停留是一种享受，而被回访的博主也会收获一种温暖。

不过，我也曾听到不同意见，大意是：辛辛苦苦去某人博客留言，回访时却似一阵风，连点滴痕迹都不愿意留下。事不关己，我仍忍不住哑然失笑：其实，三言两语的评论或留言也好，拜读后静静地离去也罢，回访便是一种最大的礼貌，有时无声胜有声，不必强求用言语证明曾经来过。

不知道我的博客有没有爆红的一天，不知道未来会不会忙到连回访都无暇，不知道明天的明天的明天会是什么颜色，不过我依旧感谢你曾经来"踩"过我的博，并永远铭记那些真诚回访的博客岁月。

不妨让一些机会像沙子般流走

机会人人都想要，成功的人感谢机会的宠爱，失败的人责怪机会不眷顾自己。连文学巨匠大仲马都说过，谁若是有一刹那的胆怯，也许就放走了幸运在这一刹那间对他伸出来的香饵。

但是，生活就是这样的奇妙、这样的纠结，机会像商量好了似的，要么统统不来，要不结伴而至——

那个时候，我还在某高校的一间彩扩店供职，彩扩店以冲洗照片为主，也承接毕业生合影留念的工作。在我们承接照片冲洗和拍摄业务时，常常会遇到这样的问题：业务跟业务撞了期，以彩扩店的承载量，根本没有能力完成业务。换了别的老板，肯定会先将业务接下来，再去和顾客协商将日期延后一点。如果延期不成，也可以将业务"转包"给其他的彩扩店，不至于让到手的利益像煮熟的鸭子一般飞了。

可是，老板每次都很慎重，从来不会揽下完不成的业务。看着那些上门的生意没了，连我们这些店员都倍感可惜，对老板的埋怨也开始在私下蔓延。老板总是笑着说："端多大的碗，吃多大的饭，人不可太贪心。当然，我们也可以找'枪手'完成业务，但顾客是相信本店的品质才来光顾，我们不可以亵渎了顾客的那份信任。"许多年过去了，彩扩业越来越不景气，大部分的彩扩店都关张了。但是，我曾经供职的彩扩店一直屹立不倒，相信这和老板对待机会的态度不无关系。

后来，我离开了彩扩店，也彻底离开了彩扩业，整天和文字打起了交道。和很多作者一样，有不少编辑会向我发来约稿的信息。最初，我总是一一将约稿接下来，然后马不停蹄地写啊写，大部分的稿件都能顺利地通过，当然也有"写了白写"的情况。渐渐地，约稿越来越多，稿件的类型也越来越广，从文艺专栏到职场策划，从理财分析到国际评论。这时，我想到了彩扩店的老板，也知道自己也到了面对机会的时候。刹那间，我就变得格外冷静：毕竟一天只有二十四小时，而不是四十二小时。更重要的是，我虽然是一个写作者，但绝不是全能的天才，总有一些领域是我不熟悉的。于是，我在仔细地考量后，拒绝了一部分写不完或写不了的约稿。事实上，我的拒绝并没得罪编辑，反倒让一些编辑更欣赏我的真诚和成熟，适时会发一些适宜的约稿信息给我。

　　其实，有时候，机会就像我们手心里的沙子，纵使有再大的手掌，也不能握住全部的沙子。让一些机会像沙子般流走，表面看或许是一种损失，然而放弃却腾开了空间，让我们更稳当地拥有丰盈的收获。

被自己打败的
意见领袖

　　这是一个人人都有表现欲的时代，这是一个人人都想当意见领袖的时代，不仅是网上活跃着意见领袖，现实生活中也少不了这样的人物。

　　在我老家的小镇上，所有住户都平平淡淡的，过着波澜不惊的生活。小镇上，有一间老的中医馆，中医馆有一位花白了头发的老中医，姓夏。夏老中医不仅医术高明，而且知识非常地渊博，可谓上知天文下晓地理，看人看事很有一套。夏老中医常常今天背后说这个的长，明天当面聊那个的短。可是，由于夏老中医点评得准，看问题入木三分，就算被批评的住户也会心服口服。前不久，镇长儿子打伤了一位摊贩，很多住户都骂镇长儿子仗势欺人，不严惩不足以平民愤。有人去问夏老中医的意见，夏老中医久久不愿表态。实在被住户逼紧了，夏老中医轻声说："人非圣贤孰能无过，不要太为难年轻人。"知情人透露，镇长对夏老中医有恩，夏老中医才会有这般言论。后来，一度是夏老中医馆常客的我，再也没登过一次他的门，再也没听一回他的高谈阔论了。

后来，父亲看出了我的异样，便跟我说："你是一个爱码字的人，夏老中医是镇上的意见领袖，他的身上一定有很多故事和魅力，你为什么不愿意接近他呢？"

于是，我给父亲讲了发生在文学论坛里的事："在我经常去的文学论坛里，活跃着几个很有正义感的文友，他们对文艺界的蛀虫——文抄公恨之入骨。论坛里，常常有他们揭发文抄公抄袭的贴子，甚至会唾骂他们恨之入骨的文抄公。后来，论坛还专门建立'文抄公曝光台'专版，让他们担任相关板块的版主。一时间，由于他们的努力，对文抄公的打击卓有成效，编辑对文抄公了若指掌，文抄公发稿量遂呈大幅下降的趋势。后来，一些他们熟悉而要好的文友，也被指出有抄袭的情况，而且列出的铁证如山。这些版主平时雷厉风行的作风不再，不仅毫无原则地给这些文友辩护，还忙不迭地删掉对要好文友不利的贴子。渐渐地，'文抄公曝光台'专版变得冷冷清清，没有人再愿意来揭发抄袭事件。后来，'文抄公曝光台'专版撤掉了，也再没有人记得那几个曾经的文抄斗士。"父亲笑着说："我明白了，所谓的意见领袖也不是永恒的，总有一天意见领袖会走下'神坛'。"

其实，意见领袖最终站不住脚，绝不是曾经的粉丝轻易地变了心；而是意见领袖失去了最初的主张，抛却了正义和真理，才最终自己打败了自己。

习惯性否定

撰稿论坛的文友小 A 出书了，回贴里有数不完的道贺，要求赠书的文友络绎不绝。对于这一番热闹非凡的场面，文友在 QQ 群里却有不同的看法："这小子肯定是自费出书，时下让读者掏钱买书多难啊！"立即有人响应："现在光一个书号就一万多，花钱买脸面，值得不？"大家没去深究，就武断地认为小 A 自费出书，也否定了之前自己情真意切的祝福。

很久不见的旧同事重逢了，寒暄中得知，对方已经开了公司，买了大宅。你眼中的艳羡让对方开心，你自己心底却黯淡无比。旧同事开着豪车离去，你却对自己说："这世界公司、宅子和车子都可以按揭，每月光还贷就累死他！"虽然你破旧的电动车在喧嚣的城市早已不拉风，你却在否定别人时，获得了宝贵的心理平衡。

　　公司新来的女大学生美若天仙，是刘亦菲和陈好的综合体，男同事早已是醉倒一片，女同事却说："现在这个时代肯花钱，谁都可以整成范冰冰的模样，只是鼻子嘴巴眼睛都是人造的，哪天出现'塌陷'事故就糗大了。"女人的美对男人是一种风景，对于女人却是一种煎熬。煎熬之中，女人们也选择了习惯性的否定。

　　在卑微的生活中，我们常常遭遇这样那样的不如意，别人却过着风生水起的好日子。文友出版了新书、朋友有了好的发展、新人有一张漂亮的脸……肯定别人本该是一种动力，我们却习惯了对旁人的否定，并在否定中换取一种平衡，让阿 Q 精神在新时代依旧能找到立锥之地。

　　遗憾的是，在习惯性否定的思维定势中，我们也找到了不进取的理由。躺在平淡光阴上睡大觉，我们弄丢的不仅是本该拼搏的今天，也弄丢了潜在辉煌的明天。

前途是很私人化的东西

在论坛，一直以成功人士自居的杂志写手 JJ，突然发贴说恩师斥责她的文字没有前途。JJ 由来已久的自信和骄傲受到打击，于是问"写什么才有前途"。

虽然 JJ 在杂志上的文字只是署名或不署名的情感策划，但是她每月不菲的稿费还是让写手们艳羡，于是跟贴说 JJ 现在就很有前途的不在少数。确实，为钱而写是很多人真实的心愿，没有"钱途"几乎约等于没有前途，很多写手做梦都想成为 JJ。

事实证明，与其说 JJ 是在寻求写手们的解答，倒不如说是在晒通往钱途上的小烦恼。JJ 问过"写什么才有前途"之后，依旧还会专注于做一名杂志写手，恩师明灯般的指引战胜不了 JJ 对优质生活的追求，而这种追求就是 JJ 所要的前途。

关于前途，跟贴五花八门，有人说："没有房贷的房子，源源不断的票子，漂亮的妻子，便是最大的前途。"也有人说："写几篇随性文字，出一本自费书，有三两个知己，这样也很幸福。"也有狂人说："我要做曹雪芹，做鲁迅，做21世纪最伟大的中国作家。"

一人有一个梦想，每个人憧憬的前途千差万别，可以说，前途其实是很私人化的东西。偶尔，将自己憧憬的前途晒晒倒无妨，不过不必让旁人纠缠在你的前途里。方向性的选择至关重要，前途决定着人生的走向和品质，而自满有时或许是一种缺陷，有时又是一种"一览众山小"的幸福。

简而言之，得到你想要的就是前途的归宿，你要什么只有你自己知道。

圈子的温暖

　　物以类聚，人以群分。圈子的盛行，见证了这句话的正确性。爱旅行的人可以加入驴友圈，爱拍照的人可以加入摄影圈……每个人都可以寻找属于自己的圈子，或者不必分类就被归入了相应的圈子。

　　可是，圈子除了有"团结就是力量"的威力，也有"同行似敌国"的矛盾衍生。就拿笔者最熟悉的文字圈来说，同为八〇后青春文学的领军人物，韩寒和郭敬明却有水火不容的架势，韩寒对郭敬明不依不饶咄咄逼人，郭敬明看似以退为进其实心怀不满。

　　如果用粉丝人数的多少来分类，韩寒、郭敬明当然属于高端文字圈，我和一众笔耕不辍的写手就是低端文字圈。低端文字圈也不乏竞争，可供发表文字的媒体——"饼"小，要分食的作者群却格外庞大。"文人相轻"仿佛是颠扑不破的"真理"，要说这样的圈子亲密无间，其实还真的难以服众。不过，写字除了赚点稿费、在报头刊尾露个脸，其实也是陶冶情操的爱好。圈子也不是真的那么恐怖，总会有一丝丝温暖在传递……

最近，我收到一叠全国各地寄来的稿费单。等邮递员走后，我才发现里面有两张"黄名金"的稿费单。我上网按附言查找发稿版面，的的确确是黄名金的文章，只是他的名字和我的地址"嫁接"了。印象中，黄名金是位不错的时评作者，于是我在"时评人家"发贴寻找他。很快，我们电话联系上了，得知我要将稿费单挂号寄给他，他在电话那边一再地道谢，还说让我掏邮费不好意思之类的。我笑着说："咱们都在这个文字圈，帮点小忙是应该的，不必放在心上。"

写手间的互帮互助本来就是小事，我并不图黄名金对我有任何回馈，而且相信他遇到同样的情况，不管对方是谁，他必定也会出手相助的。这让我联想到文字圈独有的一个现象——报喜，那就是在写手聚集的论坛上，大家会通报自己看到的发稿信息。报喜是很有趣的一件事，有点"人人为我，我为人人"的味道，交流的模式不是一对一的单调，更像是一种群体性的狂欢。倘若不是见到别人报喜无动于衷，或者从来不肯为别人报一次喜，那么你永远都不会有被抛弃的可能。

说到底，一个圈子或许没有百分之百的惺惺相惜，但是真诚的互动总会让一种温暖蔓延，因而看似冰冷的世界总会有小小的太阳闪耀。

否定自己也是
一种智慧

一年前，有出版界的朋友联系我，要为我出版感悟体的集子，版税也开得不错。于是，我欢天喜地地埋头整理稿子，却很快发现一个尴尬的状况：我过往写的感悟体文章，数量并不足以出一本集子。

坦白说，我不太想放弃这样的机会，出书对于文字人来说，一直是蕴藏在心底热烈的梦。摆在我面前的有两条路：要么快马加鞭写一部分新稿补充进去，要么拿一些非感悟体的文章来滥竽充数。可是，多少是有点底气不足的，甚至还隐隐有心虚的感觉，我陷入思想的困顿之中。

在报社，遇到了和蔼可亲的副刊编辑张老师，她算得上是我文学的引路人。知道我当下的境况后，她没有给我任何建议，而是让我看办公桌上的一堆材料。那些材料和吴冠中有关，报社要做一个悼念大画家的专题。

　　看到《留下"狂"语与赤诚，宁可撕画不留遗憾》的部分，我的心灵受到了不小的震撼。和一些鼎鼎有名的画家不一样，吴冠中特别看重自己的作品，甚至都舍不得将作品拿去拍卖。据说，在上世纪80年代，吴冠中的一些画作就可以拍出数百万的高价。可是，淡泊名利、对物质没太多要求的吴冠中，从来不曾为画作带来的财富兴奋过。吴冠中最大的梦想是将画作留在博物馆，成为世世代代流传的精品。

　　如果说吴冠中信手拈来都是佳作，相信所有的粉丝们都不会反对，有经济能力的甚至随时都愿意一掷千金为吴作。可是，让人意想不到的是：1991年9月，吴冠中在整理家中藏画时，竟然将几百幅自己不满意的作品撕毁。吴冠中撕画的行为，被海外人士戏称为"烧掉豪华房子"。吴冠中却很淡定地说："我只想保留让明天的行家挑不出毛病的画！"

　　吴冠中撕掉的不仅仅是精心创作的画作，更是将巨大的财富拒之门外了，如此否定自己是需要莫大的勇气的。但是我们不得不说，吴冠中否定自己的行为其实也是一种智慧，这不仅是对画作潜在的欣赏者或买家负责，更是对自己的信誉和口碑的维护。

　　从吴冠中身上，我学会了适时地否定自己，于是将出一本集子的愿望延后了。出版界的朋友并没责怪我，反而很欣赏我否定自己的智慧，并承诺耐心等待我能够出集子的时刻。

释放关爱，才能引人注目

文友网是一个会聚全国作家和文友的论坛，其中有一个历史悠久的版块——报喜栏。报喜栏是发布全国各地报刊用稿消息的阵地，作家和文友在此便可以及时获知发稿情况。

其实，大家在论坛报喜纯粹是义务劳动，报喜的作家和文友在发布别人喜报的同时，也希望别人能给自己报报喜。如果说，世界上哪里还有"人人为我，我为人人"的地方，相信文友网当之无愧。我在文友网报喜栏担任了近十年的斑竹，在这里认识了数以千计的作家和文友，而大家也亲切地叫我"报喜鸟小路"。

一些新的文友刚开始创作投稿，迫不及待地想知道自己发稿的情况。于是，他们在论坛报喜栏发贴希望大家给他们报喜，这样的贴子还会一次又一次被发出。或许是见发贴求喜报没有消息，他们开始不断自己给自己报喜，今天说自己在A晚报发稿，明天说B日报留用了自己的稿子。纵使这样，报喜栏依旧很难见到他们的名字，作家和文友报喜时常常忘了他们。

　　一天，一位新文友在QQ上向我抱怨："为什么大家不给我报喜呢？我郑重其事地发贴呼吁，还不惜自己给自己报喜，想混个脸熟，可是依旧没人关注我？"我笑着说："要别人关注你，你要先关注别人啊。很多的作家和文友也希望知道自己的喜报，但是他们首先做的是发布别人的喜报，再静静等待别人为自己报喜。可是，你关心的仅仅是你自己，当你心底没有装着别的作家和朋友，又怎能奢望别人关注的目光呢？"

　　不仅仅是论坛里的报喜，生活中、职场里，何尝不是释放关爱才能引人注目，而孤芳自赏往往难觅掌声呢？

酿造精神

最近，我在《人民日报》上读到黑龙江作家林振宇的一篇文章——《蜜蜂》。和很多人一样，作家对蜇人的蜜蜂敬而远之，对美味的蜂蜜却发自内心地喜爱。正是由于对蜂蜜的喜爱，让作家对蜜蜂有了深入了解的欲望。

"一只蜜蜂如果要酿造出一公斤蜂蜜，需要采几百万乃至一千多万朵花，它往返飞行的距离大约有几十万公里，相当于绕上地球好几圈！"坦白说，这样的数据不仅是让作家惊讶，相信广大的读者也会很震惊。蜂蜜的来之不易，彰显了蜜蜂不辞辛劳的努力和执著的信念。"生命不息，酿蜜不止"，正如作家说的："它何止是在酿蜜，它是在酿造一种精神，一种叫做'自强不息'的精神！"

在现实生活中，我们芸芸众生和蜜蜂一样，也有着自己人生的追求。蜜蜂追求的是采花酿蜜，我们追求的是事业、前程或梦想，人生的成功无疑有如蜂蜜般甘甜。可是，成功并不如我们想象中唾手可得，或许三年五年，甚至三十年五十年，依旧无法抵达"一览众山小"的人生巅峰。苦心志、劳心骨，跌跌撞撞地一路走来，依旧换不回梦寐以求的成功，确实让人难免颓唐。但是，和蜜蜂为一公斤蜂蜜的付出来比较，纵使我们穷尽一辈子的时光去奋斗，也无法媲美蜜蜂震撼人心的酿造精神吧！

　　说到底，更多的时候，我们的失败并不真是一辈子的劳而不获，反而是我们缺少再坚持一下的精神。蜜蜂酿蜜一公斤，采花几百万甚至上千万朵，几十万公里的距离，换了我们普通人，别说试试，可能就是想想，就都打退堂鼓了。蜜蜂的成功在于无所畏惧，在于千里之行、始于足下，就像汪国真的诗歌写的："没有比人更高的山，没有比脚更长的路。"其实，只要我们拥有蜜蜂的酿造精神，许多半途而废的事业、没坚持到底的梦想或失败的创业路，都完全有扭转乾坤的可能。

　　酿造精神，蜜蜂以之酿造蜂蜜，我们以之酿造甘甜的青春之蜜、事业之蜜和梦想之蜜。如果我们有了蜜蜂的酿造精神，便拥有了一趟进取的人生之旅，成功将不再是镜中花水中月，不再是不可触摸的海市蜃楼。纵使我们期待的成功真的没有莅临，酿造精神也是人生航程最美丽的风景线，让我们拥有无怨无悔的一生。

记得有人不喜欢你

黑龙江作家陶柏军写过一篇文章《记得有人不喜欢你》，大意是：一位歌星回到家乡，乘坐出租车却没带零钱，打算用两盒新出的专辑抵车资，家乡的的哥虽然知道歌星的大名，但是以不喜欢听这种歌为由拒绝了。后来，"记得有人不喜欢你"，成为了歌星人生的信条，并让歌星戒骄戒躁，终于成为了蜚声国际的巨星。

最近，我担任斑竹的论坛，有两位作家发生了争执。A作家成就大、人缘广，是论坛里的老大哥；B作家只不过是业余写作，影响力显然小得多。一日，A作家贴出一篇自己的新作，那不过是A作家随兴涂鸦之作。可是，论坛里的作家和文友们纷纷跟帖，有的说A作家字字珠玑，有的说A作家锦绣文字，还有的说A作家不愧是大师级的文笔。可是，在众多溢美的回帖中，突然出现了一则回帖：狗屁文章。这个回帖来自B作家，而B作家和A作家素无瓜葛，这样的回帖虽然很不中听，想必也是B作家的心声。

B作家的回帖彻底激怒了A作家，A作家觉得B作家侮辱了自己和自己的文字。A作家先是发了长篇大论的讨伐性回帖，后来还将回帖以单独发帖的形式，在论坛再一次发出来。一天过去了，两天过去了，三天过去了……B作家仿佛从论坛里彻底消失了，B作家再也没有对A作家的帖子和自己的帖子回帖，进行任何实质性的辩驳和解释。不甘受辱的A作家动用了一些手段，对B作家进行了"人肉搜索"，声称要登门和B作家对质，甚至要去B作家的单位追究，大有B作家不道歉誓不罢休的架势。

显然，A作家有点反应过度了，"锦绣文字"和"狗屁文章"，只是不同的人产生的不同的观感。如果A作家看了陶柏军的《记得有人不喜欢你》，估计怒气就不会如此地旺盛，反而会淡定地接受别人的批评。

记得有人不喜欢你，可以让歌星有更好的心态迎接未来；记得有人不喜欢你，可以让作家欣然接纳读者们的批评和意见……

记得有人不喜欢你，教会我们在职场中学会低调，适时的低调让我们从容，宝贵的从容让我们成功；记得有人不喜欢你，教会我们在现实中懂得忍耐，适当的忍耐让我们不会轻易地上火，不上火让我们理性地迎接美丽的明天。

第四辑 留一条后路给自己

机会眷顾有准备的人，职场的路要你自己来走，或许偶尔有外力的支援，或者有走捷径的机会，如若没有足够的能力『护航』，梦想之舟迟早还是会『搁浅』的。

等到最后的
『幸运者』

　　那年，他是刚从师范中文系毕业的学生，在中小学教孩子们语文不是他的心愿，当一名为他人做嫁衣的编辑才是他的志向。

　　城市主流媒体的编辑岗位很诱人，但是高高的门槛让人生畏。于是，他开始留意报纸的招聘版，希望得到一些小报招聘编辑的信息。功夫不负有心人，他终于发现一则某企业内刊的招聘信息。那家企业在市内鼎鼎大名，当然内刊编辑的职位并不太耀眼。不过，他选择"低姿态进入"，争取自己的第一份编辑工作。

　　寄出自己的求职材料后，他在租住的小屋里耐心等待。三天后，他接到了面试的通知，周日是所有求职者统一面试的时间。到了现场，他粗略数了数，来参加面试的大概有二三十人之多。可以说，他有求职的欲望，却没有胜出的把握，心底多少有些忐忑。

周日，上午九点，负责面试的经理并没有出现，一个工作人员来回焦急地走动，不断拨打电话询问着什么。接着，工作人员说："经理正从外地赶回来，据铁路部门说火车要晚点一个小时。经理之前有交代，求职的朋友们一定要等他，今天一定会定出内刊编辑的人选。"

一个小时，可以翻完一份报纸，看完半本杂志；一个小时，可以去附近补吃一下早餐，增加体力；一个小时，可以把面试的情景在脑海里再虚拟一次……显然，所有的求职者都选择了第三套方案，没有人敢开小差，更没有人敢贸然离开。

十点，经理依旧没有出现在大家面前，工作人员不再来回走动。工作人员发布了新的消息："经理乘坐的列车滞留在倒数第二站，估计中午前可以到达，最迟下午上班前到达。"话音一落，有三两个求职者嘟哝着："这个经理真没时间观念，我们不等了，去别的地方应聘好了。"

中午，经理依旧没有露面，工作人员邀请求职者去员工食堂简单进餐。进餐后，回来继续等待经理面试的只有十五个人，显然又有不少人选择了离开。"大概好事多磨吧。"他这么想着的同时，环顾四周，其他的求职者还真没他这么淡定，神情越来越焦躁不安。

工作人员带来了更坏的消息："因为出现了铁路隧道塌

方，火车到达时间无法估计。不过，恳求各位求职者耐心等待，经理一回来，面试即刻进行。"说完，工作人员也即刻消失了，他无法面对苦苦等待的求职者。整个下午，求职者交头接耳、抱怨不断，不断有人选择离开，到下午下班的时候，只剩下三个人。

"经理换乘了一辆的士，已经在赶回来的路上，请三位留下。"工作人员的挽留作用甚微，三位求职者仍然走了两位。走掉的两位中的一个还说："请转告你们经理，希望别再和求职者开这样的玩笑，我们的时间其实也很宝贵的。"

留下的只有他，从早上九点等到下午五点，他继续选择安静地等待，从头到尾没一句怨言。当经理乘坐的的士到达时，已经是夜幕降临的晚上九点。他十二个小时的耐心等待，换来的是他梦寐以求的编辑职位，雀跃的心情像饥饿的人等来一顿大餐。

经理录用他的理由很简单："在所有求职者里，你毕业的院校不知名，没有相关的工作经验，能力说不定还有欠缺。但是，你等到最后的坚韧和耐心，实在让我非常感动。所以，我也愿意给你这个机会，并耐心等待你日渐成熟，把我们的企业内刊越办越好。"

这个等到最后的"幸运者"获得了工作的机会，在自己喜爱的岗位上兢兢业业，他负责的企业内刊多次获得全国性的评选奖项。后来，他还凭借在企业内刊多年的工作经验，成功跃入一家主流媒体担任副刊编辑一职，把自己最初的梦想在更大的平台上发扬光大。目前，他已经是国内最优秀的副刊编辑之一，他负责的版面和编辑的文章，多次获得省市及国家级的新闻奖项。在他办公室的墙壁上，没有太多煽情的励志条幅，只有自己写的苍劲有力的一个"等"字。

　　巴尔扎克说过，善于等待的人，一切都会及时来到。大作家的话不无道理，机会眷顾有准备的人，耐心的等待敲开的不仅是运气之门，更可能是通往成功之门。而被等待吓倒的人，在半山腰甚至山脚下便早早撤退，显然就品尝不到"一览众山小"的快意了。

一鸣惊人

在网站上，看到某花炮厂"高薪招聘"的启事，我兴冲冲地赶去面试。面试异常地顺利，我获得了一个月的试用期，这让我兴奋不已。不过，接着我的兴奋打了点折扣，原来同样获得试用期的求职者阵容庞大。不用任何人提示，我也知道一个月后大部分人会结束工作。

花炮厂想详细了解客户对烟花的需求，以便在全国范围内打开市场、增加销量。花炮厂分派我们去全国的各个省份，希望我们不仅要深入考察，还要上交一份有价值的市场报告。坦白说，我们这些新人都没有相关工作经验，就像被分派到江西的小杨、东子和我，出发前就有一种前路迷茫的感觉。

最初，小杨、东子和我是同出同进的。但是没几天，或许因为奔波太辛苦，小杨提议："以后咱们白天在网吧上网或者在旅馆睡觉，晚上再出去调查市场。"东子也附和道："说得也对，客户一般都在晚上燃放烟花，也只有晚上燃放烟花，才能显示烟花的美丽。"

我不太闲得住，白天还是不断地出去转悠，特别是在燃放烟花比较多的城郊和偏远乡镇。很快，我就发现事实并非像小杨和东子说的那样，许多婚宴、生日宴或者商户开张，都会燃放烟花助兴，而这些活动大多在白天举行。

不过，由于白天燃放烟花，燃放效果就失色不少。带着这个疑问，我询问了许多燃放烟花的客户，他们的意见相仿："白天燃放烟花就是图个喜庆热闹，能听到烟花冲天的声音也就够了。"当然，也有人提出意见："白天燃放烟花看不到效果无所谓，不过烟花冲天的声音不够大，这多少是个遗憾。"

当我对调查结果已经了然于心时，小杨和东子还昼伏夜出地忙碌着，而且临到出差结束，他们依旧一无所获。从各省归来的新人们并不轻松，个个脸色凝重，因为如果交不出像样的市场报告，等待自己的将是被炒鱿鱼的命运。

不出所料，包括小杨和东子在内的大部分求职者都失去了工作，理由是他们的市场报告毫无价值。而我却得到了老总特别的赞许，因为我发现平日里烟花白天燃放多于晚上，而且知道客户白天燃放更注重声响，而不是在天空的图案。

老总在例会上兴奋地说："新人路勇敏锐的观察力，给咱们花炮厂带来发展的希望，相信我们只要提高烟花的声响，便能一鸣惊人，开拓更大市场。"而我享受老总表扬的同时，不由得也在想：或许正是我适时地一鸣惊人，让自己不至于成为失业一族了。

一鸣惊人，绝对不仅仅是好运气的眷顾，而是我们实打实地付出努力，最终获得的上苍的眷顾。

我比你傲慢

　　面试之前，我知道那是一家大名鼎鼎的韩资企业，办公环境和工作待遇都是一流的。朋友们事先给我打"预防针"：名企的老板很大牌的，你的心脏要够坚强哦。我想我只是去争取一份工作，得与失或许很重要，但是这并非我唯一的工作机会，所以我心态很放松。

　　名企的号召力就是不一样，不多的岗位吸引了众多的求职者蜂拥而至。工作人员首先剔除了不符合要求的求职者，比如学历本科以下、工作经验不足或不懂韩语的。这样一来，求职者便少了一大半，不过还是有两三百人等待老板的面试。

　　我排在258号，面试安排在下午。除了午间进餐，我时刻都不敢离开面试现场。在面试现场的我看着求职者一个个进去，然后又一个个出来。我阅读着他们的表情，希望从他们的表情中得到答案：他们是否获得了老板的青睐，或者因为这样那样的原因失败了？我虽然没上前去询问失败者，但是从身边人零星的交流中，我知道老板是个很执拗的韩国男人，苛刻的程度超过了很多人的想象。

终于轮到我"上场"了，我很珍惜属于自己的机会，也希望从两三百人的阵容中脱颖而出。当我从容地推开老板办公室时，心底却是忐忑不安的。让我意外的是，我第一眼却没看到面试的老板。难道这是一间空房子，或者房内装满了摄像头来监控求职者？

正当我脑子在快速运转时，突然传出一句蹩脚的中文："介绍一下你自己吧！"声音来自硕大的老板桌那边。我再细看，才发现老板椅调得很低，老板懒懒地躺在上面，言语中充满了傲慢，甚至有一丝蔑视。我见过傲慢的主考官，见过无理的老板，但是像这样过分的，我还是第一次遇到。我有一种热血往头顶涌动的感觉，拳头也不由自主地握紧了。

我分别用中文和韩语对这位老板说："请收起你没有礼貌的傲慢，调整你的坐姿再和我说话。"我以为他会暴跳如雷，甚至大叫大喊："保安，过来，把这个傲慢的家伙轰出去。"但是，气氛出奇地安静。接着，老板站了起来，文质彬彬地说："路先生，抱歉，我的傲慢只是面试中的设计，你是唯一一个敢让我站起来的求职者，恭喜你，你被录用了！"

想不到一切峰回路转，这下轮到我哑口无言了……

成功，不是指望对手栽跟头

　　许多年前，我参加了一家知名广告公司的面试，招聘信息是老乡大诚向我透露的。公司老总本意是让内部员工将消息传出来，然后进行一次小规模招聘。奇怪的事情发生了，大诚的很多同事并没将消息"分享"出去，有幸得知招聘信息的只有我和另外三个求职者，招聘的规模几乎要小到极限。

　　面试在一个暴雨来袭的日子举行，虽然我和另外三个求职者携带了雨具，我们到达面试现场时，依旧掩饰不住小小的狼狈。事先我们已得知，面试后，可能只有一到两个人会留用，但是我依旧友善地和其他求职者打招呼，根本没有要敌视对手的念头。在我们互相鼓励、互道"好运"时，老总微笑着出现在了我们面前。遗憾的是，老总是一个大忙人，和我们没聊几句，就接待一个到访的大客户去了。老总离开时，对我们说："接待完这个重要客户，我会用公司小广播通知你们，去大会议室继续面试。"

我们喝着秘书小姐泡的香浓咖啡，翻看着公司精彩的企业内刊，耐心地等待着老总的广播。不过，室外的暴雨绵绵不绝，还时不时有雷声惊起，一切都在考验我们的耐心。老乡大诚刚好手头无事，便邀我去他的办公室小憩。百无聊赖中，我自然是欣然前往。我意外地发现，原来大诚的办公室就在老总办公室旁边，窗外能看到一片好风景，我笑着说："老乡，想不到，你还是老总眼里的红人呢。"老乡笑而不语，个中韵味，我只能自行体味了。

一个多小时候后，通知我们去面试的小广播终于来了，而且是急促的一连三次。当我从大诚的办公室走向大会议室时，另外三个求职者依旧在喝咖啡、看内刊，丝毫没有要去面试的意思。正当我疑惑不解时，大诚跟我说："刚才雷声阵阵，我这儿离老总办公室近，听得到小广播的声音。但是，其他求职者离得远，听不见一点也不奇怪。""难道我要去做孤独的面试者？"我心底的犹豫一闪而过，接着第一时间通知了其他求职者，然后一起来到了大会议室。

面试的过程波澜不惊，我并不认为谁强谁弱，而谁去谁留应该都是合理的事情。不过，当我得知自己成为唯一留用者时，还是狠狠地被吓了一跳。后来，还是大诚道出了真相："成功，不是指望对手栽跟头。因为你懂得，所以你成功。"

　　我顿时也明白了大诚成功的原因，除了必不可少的努力，还有最为宝贵的豁达吧。我们不能总指望自己是勤奋的乌龟，而对手却是在树荫下睡大觉的懒兔子。其实，和对手一起努力，甚至给予对手一些帮助，那样的成功也将更有价值、更值得回味。

眼光决定机会

小朗独自来到浙江某小城求职，他心底澎湃的依旧是文学梦，于是他想找一份和文字有关的工作。都市报招聘版式编辑的启事吸引了小朗，虽然版式编辑不直接采写和编辑文字，而且劳动量大、工作时间长，但是小朗告诉自己，进了报社离自己的梦就不远了。

面试的日子到来，求职者将都市报大大的会议室塞得满满的，看来一份版式编辑的职位吸引力还真不小。小朗没有细数到场的求职者人数，但是他知道自己大概只有百分之一，甚至两百分之一的机会。

面试求职者的是报社老总，老总并没有循例一一询问大家的情况，而是将一叠散发着油墨香的都市报放在了会议室的桌上。老总笑着对大家说："这是今天出版的都市报，像从蒸笼里刚取出来的包子，还是热腾腾的。你们要做的，就是仔细地从这份报纸里挑毛病，当然毛病不仅仅限于版式。谁的毛病挑得好、挑得准、挑得狠，谁就是本次招聘的最终人选。"

搁在平时，在一个冬日的上午，捧读一份资讯丰富的都市报，看看最新发生的国际国内新闻娱乐花边体育赛况，再看看文笔曼妙的副刊文字，该是多么快乐的体验。可是，这一刻，对于小朗和其他求职者来说，可不仅仅是一次简单的读报时间，而是一次过独木桥般的严苛考试。考试结束后，这一两百人中只有一个人笑到最后，其他人必须即时离开。在一种紧张到凝固的气氛中，求职者翻动报纸的声音很轻很轻，而好多人的额头也开始细汗密布。大概半个小时后，老总宣布读报时间"到此为止"，然后让每个人将自己挑出的毛病写在纸上。

宣布结果在午后，老总念出了一个名字后说："大家辛苦了！版式编辑的人选有了，我们选择的理由是，他对版式挑出的毛病不仅又好又准又狠，而且他同时给出了非常完善的改良方案。"那个幸运儿不是小朗，小朗和其他求职者准备离开。这时，老总显然还有话说："这　次面试，我不仅找到了一位优秀的版式编辑，同时还发现了一位副刊责任编辑的人才。你们挑出的都是版式方面的毛病，他却发现副刊版面刊登的文章有滞后现象，现在差不多快圣诞节了，副刊却刊登着中秋节的稿子，甚至还有发生在夏天的故事，难怪读者都不太喜欢我们的报纸。显然，他的眼光不仅是在场的求职者缺少的，也是我们都市报现有编辑不具备的。"

聪明的您猜对了，老总说的人才就是小朗，他通过版式编辑的面试，却得到了责任编辑的职位。

不光是在竞争激烈的职场，在商机无限的生意场，甚至我们人生的每一段，眼光都会决定我们的机会，能让我们被一些不可能的好运眷顾。

酒德取胜

那家公司的招聘启事语焉不详，不过吸引我的是丰厚的底薪加提成。抱着试试看的想法，我决定去一探究竟，成与败我早就习以为常，只是不想错过任何一次机会。

连公司是何种行业、经营什么项目都不知道，便兴冲冲来到面试现场的人可真不少，我目测的结果至少有二三百人。或许是我运气背，我竟然被排到 299 号，即将到来的漫长的等待，让我开始担心今天是否能如期面试。没想到，公司挺人性化，分派了五名工作人员，对面试者进行初审。

初审除了翻阅求职材料，便是一个简单的问题：请问，你的酒量如何？由于五组人员同时面试，我可以断定，每个人都会面对同样的问题。不过，工作人员的提问也是可以理解的，原来招聘公司是一家酒厂，招聘职位是地区专员。我不知道别人是怎么回答的，我详细说明啤酒和白酒的酒量，初审就宣告结束了。

中午之前，所有人的初审都完成了，一位工作人员宣布了初审过关的三十人大名单。不用问，初审的标准便是酒量取胜，那些酒量不行的求职者，显然不战而败了。

接着，工作人员宣布，初审过关的三十人将和公司副总共进午餐。在引导我们入席前，工作人员还提醒我们，酒量大的一定不要保守，把自己的最高能量释放出来。正式入席时，过关的三十人只有二十四人列席，有六个滥竽充数的家伙临阵脱逃了。

以前喝酒，多是在和亲友的聚餐上，喝多喝少，只不过是兴致的问题。这一回情形却大不一样，一席酒喝下来，或许就能决定自己继续失业，还是拥有一份不错的工作。不过，我想应该放松心态，该怎么喝就怎么喝，该敬酒敬酒，该吃菜吃菜，至少不能辜负面前的美酒佳肴。

我依旧在和副总、几位工作人员推杯换盏时，大部分求职者都醉倒了，有的呼呼大睡，有的默不作声，有的口无遮拦地说起了酒话……看着这壮观的场面，依旧谈笑风生的我知道自己胜券在握，"酒精"考验让我笑到了最后。

不过，副总也没完全忘记那些醉倒的求职者，从中挑选了三个醉后沉默的求职者，连同我一起录用了。副总的说法很简单："酒量的大小是一方面，酒德才是最关键的素质，拥有了良好的酒德，才会不辱酒厂和酒厂产品的形象。"

　　我在获得一份新工作的同时，顺便懂得了酒桌上的礼仪，也明白酒德是成功的要素之一。

『身份证』应聘

　　失业的阿超又开始往人才市场钻，希望寻找到新的工作机会。阿超还没找到工作，他的老乡阿波也失业了，要跟他一起找事做。可是，阿波的身份证在一次外出时弄丢了，补办的身份证还没从家乡寄过来。

　　一家快递公司的招聘启事吸引了他们，于是他们双双来到台位前，接受主考官的考核。通过一番简单地询问后，主考官通知阿超和阿波三天后来公司复试。面试的人很多，阿超和阿波为自己能顺利过关而庆幸。由于快递公司此次大量招人，所以两个人的机会都很大。

　　到了复试的日子，阿超和阿波依旧是结伴而行。这次复试需要出示身份证原件，阿波"急中生智"——借了和自己长得比较像的老乡的身份证。

拿到编号后，阿波是 38 号，而阿超是 57 号。阿波进去后，阿超默默为他祝福，可是很快阿波便垂头丧气地出来了。原来，人事科长只问了一个问题，阿波便彻底没指望了。人事科长要阿波背出自己的身份证号码，拿别人身份证应聘的阿波自然是被难倒了。

阿超下意识地看了看自己的身份证，那十八位数是再熟悉不过了，他心底不由得也有数了。果然不出所料，人事科长也问了阿超的身份证号码，阿超流利地报出一长串数字。这时，人事科长看着阿超，继续说："那请告诉我你的身份证号码，所有数字加起来的总和是多少，限时一分钟。"

这个问题让阿超很意外，心底暗叹现在的招聘花样越来越多，简直让人目不暇接。阿超学习过一段时间速算，所以这样的问题是难不倒他的。当阿超迅速地报出数字后，人事科长还在用计算器核算着。当确认无误后，人事科长当即宣布阿超被录用了。

阿超揽着阿波的肩走出来，各自晃着手中的身份证，心底却是不同的滋味。

三支笔

　　读中学时的一次考试，由于随身携带的圆珠笔中途写不了了，我没能顺利地完成考试，成绩自然也突然下滑了许多名次。从那以后，我养成了一个习惯，不管是考试还是上课，都不忘多带几支笔。再后来，我完成了学业，开始在社会上打拼。不过，我保持了多带几只笔的习惯，出门时公文包里总会放着三支笔。没想到，中学时代养成的习惯，让我在最近一次求职中获得了机会。

　　市内一家文化公司招聘文员，我也报了名想试上一把，希望从摄影业转到文化方面上来。我给文化公司发了一份简历，还有部分自己发表在报刊的作品扫描件。很快，我就接到文化公司人力资源部的电话，他们邀请我去参加公司安排的统一笔试。在电话里，文化公司的工作人员特别强调，笔试时求职者需要自带考试用笔。

终于到了笔试的日子，来参加笔试的求职者，我没有仔细算，但是少说也有好几十人。我想，要从求职者中脱颖而出，成为最后的佼佼者，并不是件容易的事。而面前笔试的试卷，相信是用人单位挑选的重要的标准，我必须认真面对。说实话，笔试的内容难度并不大，都是一些新闻、文艺方面最基础的常识，对于志在走文化路的求职者来说，应该是小菜一碟的。

答卷完毕，负责的工作人员突然要求，所有笔试的求职者将随身携带的笔留在现场，然后在大厅等待进一步的结果。所有求职者都不知道葫芦里卖的什么药，满脸疑惑地鱼贯而出。

十五分钟后，工作人员便出来宣布了结果，我成为本次笔试唯一的留用者。而文化公司作出这样决定的原因是：我是唯一带了三支笔的求职者。原来，文化公司刚刚辞退了一个文员，那个文员做事总是欠考虑，不是丢三落四就是忘了这忘了那。前不久，一次签订合约时，还因为唯一的一支笔出不了水，而丢了几万元的生意。

包括我在内的求职者都感慨不已，其他求职者离去之前，文化公司的经理指着我，说了一句话：“你们不要羡慕这位求职者带了三支笔，做事的细致是要靠平时的积累产生的，如果你们拥有这种品质，相信会在将来我们的应聘中获得机会的。”

说得真好，我不仅获得一份新工作，更是获得一份人生的经验。

职场的路，要你
自己来走

作为公司负责招聘的人员，我不怕职位少求职者多，也不怕专业人才难觅，最怕的是求职者里有"关系户"。这些"关系户"明明学历不够、能力不强，却还一门心思想"攀高枝"。

一个月前，我负责为公司招聘一名部门主任，经理开出的条件是：一是硕士研究生以上学历，二是三年以上相关工作经验。职位薪水高、要求条件也高，然而这无法阻挡求职者的热情，很快就形成了 1∶200 的局面。坦白说，我粗略地看了看求职材料，其中有三五个人的能力和条件还不错。

可是，面试还没正式开始，老总却打来电话："小路，应聘人员里有个叫小海的，到时候你特别关注一下。"我翻了翻小海的求职资料，实在没有什么值得特别关注的地方。小海刚刚从一所普通的高校毕业，不仅没有硕士学历，更没有任何工作经验。如果小海能当部门主任，那可真是"空降部队"莅临了。

当我跟经理反映这个情况后，经理郑重其事地说："小海不是一般的求职者，他可是老总最亲、最爱的外甥，这个职位非他莫属。"面试还没进行，结果已然明确，我这个面试主考官，俨然沦为了傀儡。说实话，我多多少少是带着一些情绪的，平时感觉很有成就感的面试，也变得了无趣味了。

通知录用小海时，我还是多了一句嘴："职场的路，要你自己来走。"或许由于还没正式上岗，或许出于对元老的尊重，小海毕恭毕敬地说："谢谢，以后请多指教。"然而，职场仅有谦卑是远远不够的，当上部门主任的小海状况不断，给部门和公司都带来了巨大的损失。甚至有同事在小海背后愤怒地说："从后门进来，迟早从后门出去。"

同事的话一语成谶，当老总也受不了小海时，我又开始面试新的部门主任了。而老总给宝贵外甥的忠告，竟然也是我多嘴说出的那句话："职场的路，要你自己来走。"

其实就是这样，职场的路要你自己来走，或许偶尔有外力的支援，或者有走捷径的机会，如若没有足够的能力"护航"，梦想之舟迟早还是会"搁浅"的。

低开高走是一种智慧

几年前，我也是通过面试加入现在这家公司的，我清晰地记得老总是当时的主考官。几年过去了，我在公司稳稳地扎住了根，用同事的话说"小路是老总心里的红人了。"当得知自己有机会和老总一起负责业务员的面试，坦白说，我心底除了有一丝丝的激动，还有一点点按捺不住的好奇。激动是角色变化后的激动，好奇也是角色变化后的好奇，我很想"窥探"招聘人员的整个过程，一是重温自己的过去，二是铺垫自己的未来。

其实，我老早就知道公司对业务员新人的要求：一，大学本科以上学历；二，有相关工作经验一年以上；三，能吃苦耐劳者优先。而给予业务员新人的待遇是：一，双休日、节假日休息；二，底薪：二千元+业务提成。我想面试过程应该很简单，把对业务员新人的要求与求职者"比对"，然后再把相应的待遇向求职者讲明就可以了。

面试前，老总突然跟我说："业务员的待遇我作了改动，底薪由二千元调整为一千五百元，你到时候不要说漏了嘴。"当然，老总绝对有改变预设底薪的权利，毕竟这个底薪并没有公开过。可是，老总说变就变，底薪一下子就少了五百元，我很是同情这些求职者。我也暗暗告诉自己，以后还是好好工作，有事没事别跳槽，去遭求职这份罪受。另外一位一起负责面试的同事跟我说："小路，别说底薪一千五百元，就算底薪一千元，来面试的人照样络绎不绝。"

同事说得没错，在人才市场的大厅里，公司招聘启事上醒目的"底薪一千五百元"，并没"吓倒"那些来面试的求职者，他们像潮水一般涌了过来。整个面试过程中，只有两位求职者直言不讳地说底薪太低，希望老总能适当提高。更多的求职者表现出来的，不是对底薪的过于计较，反倒是对职位浓厚的兴趣。

按照"惯例"，老总没有当面宣布任何人通过面试，而是一律的"请您回去等我们的电话通知"。我参与了整个面试的全过程，所以对老总的决定格外地感兴趣，也希望通过老总的选择找到一些求职或者职场的奥妙。

最终，老总从求职者中选了三个人，其中有两位是面试时"嫌"底薪少的求职者，另外一位是没工作经验的应届大学毕业生。老总的理由是：“嫌底薪少是因为他们相信自己拿更高底薪的能力，而另外一位虽然没有工作经验，但是能让人感受到年轻人火热的激情。”让我吃惊的是，老总让我通知三位求职者被录用的同时，还特别交代：“一定要告诉他们，底薪已调整为两千元。”见我一副吃惊的表情，老总笑着说：“底薪的低开高走，能让求职者更开心，会有一种被接纳甚至重用的感觉。”一切都在老总掌握之中，通知录用的三位求职者，齐刷刷地按时来公司报了到。

其实，不管是在求职的过程中，还是在工作着的当下，低开高走都是一种策略、一种智慧，让我们可以在没有优势或者优势不明显的局面下，能出乎意料地赢得最后漂亮的结局。

别迷信『事不过三』

去可口可乐分公司上班，是很多年轻人的梦想。为了这个梦想，我也一样热血沸腾、热情澎湃。

第一次见到可口可乐招聘车间工人的启事，我毫不犹豫地前往位于城郊的面试地点。面试地点人头攒动，那仿佛不是一次小小的招聘活动，俨然是一个规模巨大的集会。我猜想，面试的主考官应该会看花眼，不会轻易地接纳或拒绝任何人。然而，当我从面试的大办公室走出来时，外籍主考官不留情面地说："年轻人，下次努力！"

第二次面试来得特别快，不过职位不再是车间工人，而是地区的销售专员。冲着可口可乐的金字招牌，毫无销售经验的我，再次前往面试地点，哪怕我一再地表达"我会学习""我有无限的热情"，依旧改变不了求职失败的现实。销售部门的主考官很在乎求职者的实战经验，实战经验为零的我并没有得到机会。

当可口可乐公司再次招聘时，我已经在一家小的服装厂上班了。我告诉自己，"事不过三"，如果第三次依旧无法进入可口可乐公司，那我就把自己的梦彻底搁浅了。这一次，招聘的是某卖场的理货员，我想凭自己高大魁梧的身形，要胜任这份工作应该绰绰有余。可是，面试时，比我高大魁梧的男生多得是，更重要的是他们显然比我更年轻……

三次的失败经历让我顿时心灰意冷："去可口可乐公司工作，是我无法抵达的一个梦，让梦回归梦，让人生回归人生。"可是，我的女友却不支持我放弃："还记得，你当初追求我时的情形吗？其实，我一直都不怎么看好你，拒绝你，别说三次、十三次，我想可能三十次都不止。如果你坚持的不是爱的信念，而是迷信'事不过三'的个人原则，就没有我们相爱的今天。"

女友说服了我，我没有因"事不过三"放弃继续在可口可乐公司求职。不管后来，我在职还是失业，只要有可口可乐公司的招聘活动，我总是第一时间赶到面试地点。我失败过很多次，甚至连失败的次数也不再用心记录，我就当失败是走向成功的必要步骤，而不去理到底要走多少步才能成功。

就在前不久，我终于获得了可口可乐的录取通知书，是一份分公司企业文化方面的职位。这份职位工作条件不错，薪水也很可观，最美妙的是我终于圆梦了。现在回头想想，曾经笃定"事不过三"的原则是何等的幼稚和肤浅，如果不是及时从思想的泥沼里走出来，或许可口可乐公司永远"远在天边"了。

开车面试
不被拒

前不久，老总邀请我和他一起主持业务员面试，第一次以面试官的身份出现，这让我不由得既好奇又紧张。

前前后后来了几十位求职者，都没在我心底留下太深的印象。我不由得暗自感叹："现在的年轻人有个性的太少了，主持面试可真不是省心的活儿。"还不等我继续"思考"，一位穿着很潮的年轻人进来了，一进来就问："车停到公司大厦前的空地上，交警先生不会开罚单吧？"

开着私家车来应聘业务员，这个年轻人真够有个性的。我一边告诉他不必为罚单担忧，一边在想业务员底薪低、工作辛苦，有车的年轻潮人恐怕是干不了的。接着，老总开了口："年轻人，请问你的车是谁给买的，你不会是个啃老族吧？"年轻人的表情有一点囧，看来不仅他的车是父母买的，同时也正处在啃老进行时。

不过，年轻人并没有知难而退，而是镇定地说："车和很潮的衣服一样，是年轻人必须的装备。或许配备小车是父母对我的娇惯，但我把这当作走向社会的资本，就像父母供我念大学取得大学文凭，只是希望我未来走得更稳、更好。"不看不知道，一看吓一跳，年轻人把文凭掏出来，竟然是名校的毕业生。

老总的语气缓和了一些："可是，年轻人，你要知道业务员底薪低，如果没有非常好的业绩，你或许连养车的钱都赚不回来，难道你要继续啃老吗？"年轻人笑着说："养车的费用确实是一种负担，宅起来啃老更是一种莫大的压力，但是负担和压力也会变成勇气和动力。您应该看过开着小车摆地摊的新闻吧，我就是那个群体中的一员。自从大四买车后，我通过开着车摆地摊，不仅赚回了养车的钱，连生活费都很少向父母伸手了。"

本来，我并不看好这个年轻人，没想到他不仅没被不高的底薪和老总的质疑吓倒，反而从容地让老总和我心悦诚服地接纳了他。事后，老总非常笃定地跟我说："这是一个人才，将来绝对会有卓越的表现。"我笑着说："其实，我也是这么想的，好人才绝对不会被埋没。"

以前，我也听说过开车面试被拒的故事，这个年轻人显然没有延续失败的案例。年轻人的成功貌似在于他雄辩的口才，其实不然，机会只眷顾有准备的人。面试前的历练为成功奠定了基础，年轻人才得以打破摆在面前的障碍，成为笑到最后的幸运儿。

励志人生从保安开始

2011年的夏天，大学毕业的河南小伙子段小磊，冒着漫天的暑气从洛阳来到北京。虽然很多年轻人选择逃离"北上广"，段晓磊依旧希望北京是他"梦开始的地方"。

然而，迎接段小磊的除了北京的繁华、夏天的酷热，还有一次次面试吃闭门羹的经历。朝气蓬勃的二十三岁、洛阳师范学院毕业、计算机和工商管理双学位，段小磊所拥有的一切，都无法给他一份相宜的工作。

夜深了，躺在廉价旅馆的硬木板床上，段小磊的心情有一点点失落。这时，晚报上乔布斯的一句名言打动了段小磊："成就一番伟业的唯一途径就是热爱自己的事业，如果你还没能找到让自己热爱的事业，继续寻找，不要放弃，跟随自己的心，总有一天你会找到的。"

　　乔布斯是段小磊心中的偶像，段小磊希望成为乔布斯那样的终极产品经理。不过乔布斯的名言让段小磊有了新的选择："找不到计算机和工商管理相关的工作，我还是先找一份能够糊口的职位再说，也不至于回家啃老呀。"

　　想到自己接近一米八的身高，还有健硕的六块腹肌，段小磊希望能去谋一份保安的工作。刚好，腾讯北京公司在招聘保安，段小磊兴冲冲去面试。这一次，段小磊没有被拒绝，他得到了一份保安的工作合同，担任腾讯北京公司二十层前台保安。

　　起初，看到同一楼层和自己一样年轻的计算机工程师，每天干着非常有趣、非常开心的工作，段小磊心中有说不出的羡慕。"含泪播种的人一定能含笑收获。"这是段小磊在腾讯微博看到的一条励志的格言，这让他不安定的心开始变得安定起来。

　　段小磊是一个很有心的人，他悄悄记下了腾讯北京公司二十层每一个员工的名字，还时不时给这些员工一些温暖的关怀："明天会变天，注意加衣服。""今天加班这么晚，回去好好休息。"渐渐地，段小磊不仅是二十层的前台保安，也是一个讨大家喜欢的同事。

　　当然，段小磊并没有放弃自己的专业，和二十层的那些计算机工程师一样，段小磊工作的前台摆满了他爱看的计算机书籍。二十层有一个爱看计算机书籍的保安，他还梦想有朝一日成为乔布斯那样的人物，这成了整个楼层最大的新闻事件。

后面的事情就很简单了。腾讯研究院需要一名外包工程师，熟悉和了解段小磊的负责人，给了段小磊一个直接面试的机会。"机会总是眷顾有准备的人。"何况段小磊不仅时刻准备着，还时刻努力着，他最终能够走上新的岗位，也就是水到渠成的事了。

当段小磊的事迹经一条微博曝光，并得到腾讯 CEO 马化腾第一时间转播和评价"很励志"后，段小磊顿时有了"腾讯励志哥"的称号，并得到了广大网友的关注。显然，段小磊被封"腾讯励志哥"，不仅仅因为他喜爱励志的句子，更因为他从保安到外包工程师的飞跃。

当然，也有网友说，段小磊的能力和学历，本来就够得上外包工程师的职位，只是招聘单位缺少发现人才的眼光。但是，人才被埋没并不是什么新闻，能积极向上、不被打倒、坚持到被认可，这本身就是励志的精髓。

留一条后路给自己

"你认为你的特长是什么？"主考官问。

"写作，我曾经在海内外中文报刊发表过逾千篇文章。"我实话实说。

"莫名其妙，这和你应聘的销售经理职位有关系吗？"主考官显然有些不耐烦。

"不好意思，打扰了。"我压抑着心底的不满，礼貌地跟主考官道别。

……

经历了这一次失败的面试后，我继续不断地参加不同单位的面试，我终于获得一份宝贵的工作合同。我和友人庆祝自己找到新工作时，手机里来了个短信："路先生，虽然你不适合本公司销售经理职位，但是可以考虑担任本公司企业内刊主编，如果你有兴趣随时可以报到上岗。"

"想不到，招聘企业也想吃'回头草'，"我自语自语地说，"不过，现在我不稀罕了，我马上就要上岗了。"身边的友人听说后，说："大勇，我劝你还是好言好语地回复一下，千万不要耍性子。"见我还在迟疑，友人继续说，"留一条后路给自己吧。"最终，我听从了友人的劝告："抱歉，我已经找到了适合的职位，日后有机会再为贵公司效劳。"很快，那边有了短信回复："好的，本公司的大门永远为你而开，祝你工作顺利生活幸福！"

我上岗的新公司是一家私企，之前公司经营得风生水起，还是本市有名的纳税大户。可是，我任职市场部不到两个月，公司就出现了两次较大的亏损，而这两次亏损让公司元气大伤，甚至有传言公司要"关门大吉"了。并不是所有的传言都有机会被澄清，随着公司老板人间蒸发，传言成为赤裸裸的现实，我和一帮同事成了无业游民，只得重新在人才市场奔波来、奔波去。

求职的艰难我尝过一次又一次，当再一次踏入竞争激烈的人才市场，我的心情不算太愉快，甚至有如看不见阳光的雾天。正当我为求职忙得焦头烂额之时，友人提醒我："不是还有一个企业内刊主编的职位等着你吗？""两个月都过去了，那份承诺恐怕该过期作废了。"我不太抱希望。不过，在友人的鼓励下，我还是联系了当时的主考官。主考官的回复很简洁明了："来吧，路先生，你就是本公司企业内刊的主编。"原来，主考官是公司人力资源部的主任，同时兼任着企业内刊的主编。由于公司招聘任务日益加重，他早就萌生了退出主编岗位的打算，在招聘销售经理时发现了非常适合做主编的我，于是他对我发出了邀请并承诺愿意等候。

我想起了友人的那句话："给自己留一条后路。"顿时感慨万千：如果我当时因闹情绪而不留后路，或许能够让自己获得一时畅快的宣泄，但是必然会关闭一道机会的大门；而给自己留一条后路，无疑是让自己多一个机会，一个机会就是一条路——一条走向成功的路。

彩妆大使求职也曾被拒

　　她五官立体感强、眼睛也无比地深邃，很多人都说："这个美人儿是个混血儿。"其实她的父母都是地地道道的越南人，她不过是在美国出生而已。

　　她很小的时候，父亲在建筑工地打工，而母亲则开了间小小的美甲沙龙。马路上车来车往，母亲不放心让她出去玩，便把她留在美甲沙龙里，让她在那里写写画画，或者就当个旁观者。渐渐地，她对美的向往开始萌发，对母亲加工后的美甲产生了很大的兴趣。于是，她在图纸上画小宠物，画印象中的越南，还会随心所欲地设置新款的美甲图案，哪怕母亲不一定用得上。

　　时间到了她七岁那年，嗜赌成瘾的父亲输红了眼，不仅输光了家产，还欠了一屁股债。为了帮父亲还债，母亲不得不转让经营得正红火的美甲店，也就此断掉了一家人的收入来源。更雪上加霜的是，父亲不知道是愧疚还是逃避责任，带着自己的行李离家出走了。她只有母亲，母亲也只有她，母女俩开始相依为命地生活，过得一直窘迫而清苦。

或许是过够了苦日子，母亲希望她未来能学医，拥有一份收入稳定又体面的工作。可是，艺术的种子在她的心底扎了根，她的兴趣早已转到了化妆上面。她对母亲说："我不要拿手术刀进手术室，我要拿着眉笔进兰蔻公司。"兰蔻可是全球知名的高端化妆品品牌，她的梦想显然有些天方夜谭的味道。不过，母亲并没有给她的梦想泼冷水，不仅竭尽所能地帮助她了解化妆的知识，还常带她去自己后来打工的美容馆，让她得到潜移默化的熏陶。

转眼，她已经二十岁了，已经长成一个可爱的大姑娘了，而她化妆的技术也越来越成熟。于是，她准备去自己向往的兰蔻公司应聘，她需要的只是一份专柜小姐的工作。可是，就算是这样的一份工作，没有相关经验的她还是被无情地拒绝了。吃到闭门羹的她有一点沮丧，她没有再去别的化妆品公司应聘，转而找了间日式寿司店做服务生。当母亲惋惜地说："孩子，兰蔻的大门对你关闭时，并不代表所有的机会都没了，你可以去别的公司试试。"她笑着说："总有一天，我会让兰蔻的大门为我而开，而现在我不管去寿司店，还是去快餐店，都不是梦想的完结。"

　　果然，她除了在寿司店兢兢业业地打工，对于化妆的热情有增无减。她开始在家里制作舒适而简单的化妆教程，并将化妆教程发布在美国的网络上。是金子就会发光，她的化妆教程得到了惊人的点击率，不仅是美国本土的网友，连世界各地的网友都争相观看。而她最出名的视频是关于如何化出 Lady gaga 的标志性扑克牌妆容，这个视频竟然得到了超过七百万的惊人点击率。

　　两年后，二十二岁的她辞掉了寿司店的工作，开始全身心地制作化妆教程的视频。同时，受一位加拿大友人邀请，一起建立了护肤品牌 IQQU。她的影响力也不再局限于网络，许多时尚杂志也纷纷报道了她的事迹。有评论称她是"美妆界的 Bob Ross"，Bob Ross 是美国当代自然主义绘画大师，也有个著名的绘画教学节目《快乐画室》。但她却说："我爱'变脸'的味道，我爱艺术，喜欢将一切都变成画布，包括女孩们的脸"。

　　后来，还不等她再次去兰蔻公司应聘，兰蔻公司主动向她摇起橄榄枝，和她强强联合成为亲密合作伙伴。她会定期在博客上推出以兰蔻当季彩妆品为主题的化妆课程和演示，以兰蔻彩妆大使的身份，继续为全世界的爱美女性传播专业又时尚的化妆教程。可以说，兰蔻成为了她梦想绽放的一个高度，而曾经被兰蔻拒绝的她成了兰蔻的"活招牌"。

　　从应聘兰蔻专柜小姐被拒，到成为兰蔻的彩妆大使，她只花了不到四年的时间。她就是风靡全球网络的化妆达人

Michelle phan，她已然获得了梦寐以求的巨大成功。而她之所以能敲开兰蔻的门，就在于她对梦想的无比笃定。只要梦想的热度不降温，成功就不会永远可望而不可即。

不要鄙薄自己的能力

"老兄，这些年你在忙什么？""还不是混日子呗。"

"老兄，你在哪里高就啊？""在玩哩。"

面对别人询问近况时，我们常常爱回答的就是"混"和"玩"。然而，实际上，我们并不是在浑浑噩噩地过日子，每天辛苦地工作也不是儿戏般在玩耍。年轮碾过，留下了或轻或重的痕迹，我们的人生和事业也有奋斗的痕迹，或许人人艳羡的成功离我们并不远，只是我们习惯性选择谦虚地鄙薄自己。

记得，我刚刚离开校园时，工作并没有着落，职场的未来不知方向。一次，我和同窗小远有机会参加一个商业聚会。聚餐时，我们被安排和某外企的负责人约翰先生同桌。约翰先生的中文不是太流利，但是健谈的个性让他成为整桌最活跃的人。得知我们刚从校园毕业，约翰先生主动和我聊起了校园生活，大概是勾起了他的美好记忆，我们聊得非常投机。

　　接着，约翰先生询问我们英语口语的能力，笑着说想领教领教。"关公面前耍大刀——不自量力，"我心里这么想，便谦虚地说："约翰先生，很抱歉，我的英语口语能力很差，甚至英语阅读都不过是三脚猫功夫。"本来，我以为约翰先生会说："小伙子，你真够谦虚的，谦虚是一种美德哟。"然而，约翰先生用眼神里的遗憾告诉我，他对我的谦虚并不感冒。小远则不一样，他竟然用英语回答约翰先生说："约翰先生，我的英文和您的中文一样棒。不，应该说，我的英文还要更棒一些。要不，接下来，我和您用英文连续谈话，让您评判一下我的能力。"坦白说，小远的英文和我不相上下，也不过是能进行简单的交流而已。然而，约翰先生却用很欣赏的眼光看着小远，还和他进行了长达半个小时的英文谈话。聚餐结束后，小远意外地获得了约翰先生提供的推荐信，他可以在后者的公司拥有一个不错的职位。而我，却被自己莫名其妙的谦虚撞了一下腰，失去了一次宝贵的工作机会。分别时，约翰先生大声地说："小伙子，其实你也很棒，不要鄙薄自己的能力。我相信任何一个老板，宁愿拥有一个能力略差的上进员工，也不愿意选用一个没有自信的新人。"

　　约翰先生无疑给我好好地上了一课，让我从无谓谦虚的迷雾中走了出来。几年以来，自信的我不仅拥有了不错的职位，还迷上了文学创作。当别人问："老兄，你在哪里高就啊？"我会说："我换了一家不错的大公司，××公司你应该听说过吧，还不错的。"或者有人问我写作的情况时，我也会自信地说："目前，我不仅在国内外的华文报刊发了数以千计的稿件，手上还有两本书稿已经到了洽谈出版的阶段。"

　　或许有人认为如此高调——牛了一些，也狂了一点，然而收起自我鄙薄的谦虚，自信地展现自己的能力，其实也是一种进取的态度，甚至能为自己打开未知的新局面。

第五辑

隔一段距离远远地看自己

隔一段距离远远地看自己，是一种从容、淡定的智慧，是一种千金不换的宝贵自省。从容、淡定之后的自省，必定会拂去人生的骄傲和自大，让未来的路不再飘在云端，能脚踏实地迈向成功的未来。

隔一段距离远
远地看自己

彩扩店人手不够，于是在网上发布了招聘启事：招聘彩扩员，生手熟手均可。彩扩员熟手人才难求，只好在芸芸求职者中，寻找素质过得去的生手。说白了，店里对彩扩员生手并没有太高的要求：非色盲，热爱摄影艺术。

名校新闻系毕业的大君，在众多的求职者中脱颖而出，成为了彩扩店新的一员。显然，刚刚入职的彩扩员还无法胜任彩扩的工作，更多的不过是在店内打打杂而已。整天拖地、抹桌子或整理冲洗好的照片，大君显然不甘心如此这般蹉跎光阴，恨不得马上就上机操作，洗出一张张色彩鲜艳的照片来。

老彩扩员耐心地向大君传授彩扩技术，将未来彩扩中要面对的种种技术问题，事无巨细、毫无保留地一一向大君交代。可是，枯燥的传授远没有实际操作来得直接，大君要么听得无精打采昏昏欲睡，要么缠着老彩扩员说："老大，求求你，让我实际操作试试。"被大君求烦了的老彩扩员只好向老板"告饶"："大君我实在带不了了，您就让他提前上机得了。"

本来彩扩员人手不够，大君又一副跃跃欲试的架势，老板也就不再坚持，答应了下来。大君上了彩扩的机器，就像骏马上了一望无垠的草原，那种爽快、那种意气风发，让元老们都为之振奋。大君冲洗的那些照片顺利地交给了顾客，照片的返工率甚至还低于成熟彩扩员的平均水平。

大君开始有了小小的得意，虽然他嘴巴上没有说什么，但是"其实我也很棒"的意思，却明明白白地挂在脸上。渐渐地，大君不仅对自己信心满满的，甚至连带过自己的老彩扩员也不放在眼里。老彩扩员心胸开阔，并不和大君这样的职场新人计较，还淡淡地说："时间，会让每个人察觉自己曾经的青涩。"

一年多过去了，大君成为了店里的顶梁柱，算得上是业内顶尖的彩扩员。老彩扩员离开了岗位，大君也开始"帮扶"一些职场新人，并且"从严"要求他们。一次偶然的机会，大君到 位朋友家做客，在朋友的相册里看到自己最初洗的照片。大君不由得摇头不止，那些当初自己认为洗得很完美的照片，现在看起来只不过是普通的水准，甚至有很大的改进的空间。大君开始认同老彩扩员的"时间说"，也一本正经地对新人说："别急着肯定自己，隔一段距离远远地看自己，你会对自己有更清晰的认识。"

　　隔一段距离远远地看自己，是一种从容、淡定的智慧，是一种千金不换的宝贵自省。从容、淡定之后的自省，必定会拂去人生的骄傲和自大，让未来的路不再飘在云端，能脚踏实地迈向成功的未来。

被嘲笑的技能
也会发光

上世纪末、本世纪初，数码影像远不及当下普及，传统影像是人们拍摄的首选。当时，城市的街头有许多快速冲洗店，人们在那里买了胶卷、带着傻瓜或机械相机拍摄，然后拿回来冲洗。

由于各家冲洗店都配备了国产或进口的彩扩机，整个流程都凭借机器的运转完成，彩扩员的工作实际并不复杂。毫不夸张地说，一个对照片冲洗很陌生的人，只需要两三周的时间磨练，便能轻松地上岗，胜任多数照片的冲洗。

在一间位于高校门前的冲洗店，有三位年轻的彩扩员：小陆、小王和小谢。虽然冲洗店的生意还算不错，但是依旧无法让彩扩机马不停蹄地"工作"。更多的时候，三位年轻的彩扩员在保养机器、翻看报刊或者发呆。比起那些在车间或者工地

忙碌的打工者，不仅他们的工作是轻松而惬意的，薪水还非常
地可观。彩扩店的老板常常劝他们："你们有时间可以多学点
技能，技多好傍身嘛。"小陆笑着说："不管时代怎么变迁，人
们还是要买胶卷拍照片，我看至少五十年不会变。"小王也说：
"老板，你的美意我们心领了，我们有信心做一辈子的彩扩员。"

　　小谢没多说什么，却把老板的话牢牢地记在心底。小谢不
仅报名参加和彩扩相关的摄影培训班，还报名参加了电脑技能
高级培训班。小谢报完名回来，小陆和小王就开始嘲笑他，大
意无非是"学习摄影或许对冲洗照片有帮助，学习电脑技能岂
不是太闲得慌了"。小谢边上班、边学习，本来闲散的日子变得
紧张起来，倒是小陆和小王依旧优哉游哉的。没多久，小谢先
后在两个培训班结业，不仅拿到大红的证书，也学习到了宝贵
的技能。

　　最初，学成归来的小谢并没有什么突出的表现，冲洗出
来的照片跟小陆和小王不分上下。后来，当彩扩店扩大经营范
围，开始兼营拍摄业务时，小谢学习的摄影技术便派上了用
场。虽然，彩扩店接纳的拍摄业务都很简单，无师自通的小陆
和小王也可以胜任，但是拍摄的效果却怎么也比不上小谢，小
谢在店里的地位也无形中突出了些。

　　再后来，众所周知的是传统影像日渐式微，连胶卷都渐渐
退出了人们的生活圈。数码相机逐渐取代了傻瓜或机械相机，
冲洗照片不再是人们的首选，人们习惯将照片保存在电脑或网

络里，纵使选择冲洗照片要求也提高了许多。小陆和小王明显跟不上新形势，彩扩店老板没有培训他们的想法，而是迅速找到了能胜任的新人才——唯有小谢笑到最后、屹立不倒。

　　所谓"技多不压身"，只有技能才是靠谱的"铁饭碗"，多掌握一项技能，就多一些资本，也多一条出路。纵使一些技能暂时无用或被嘲笑，但是技能发光的日子，便是我们笑傲职场的时刻。

吃回头草吃成「一哥」

"好马不吃回头草"，我不属马，却有着马的倔犟。在我的思想里，既然离开一家公司，放弃了一个职位，便不会有回头的可能。可是，现实往往让梦想偏离，我不仅吃了一回回头草，而且还挺享受回头草的甜美滋味。

当时，我在一家影像公司担任彩扩员，一干就两年半。我技术不错、顾客缘好，老板常对我说："你帮我好好干，我不仅每年给你加一次薪，还会送你去美国参加短期培训。"可是，一份远隔两地的爱情让我动摇，一时头脑发热选择了辞职，甚至不等老板正式批准，便踏上了南下的列车。爱情的花开得快，谢得也快，当距离消失后，爱的感觉也慢慢消失了。

带着爱情的伤回到了熟悉的城市，从终点来到了起点，我却成为了地地道道的失业一族。别说重获之前被老板宠爱的那种感觉，就是找到一份彩扩员的职位都很难，没有一家公司为我虚位以待。无奈之下，我开始寻找别的工作，在电脑城当推销小弟，在影楼当摄影助理，或者在培训学校打杂。没有任何一份工作有原来的那么丰厚的薪水，也没有任何一个职位让我收获成就感，每一天过得浑浑噩噩、晕头晕脑。

　　无意中，我看到了原来那家公司招聘彩扩员的消息，我的心"咯噔"一下——那是一种莫名的悸动吧。可是，脑子里有一个小人在跟我说话："好马不吃回头草，难道你真的要回去，明知山有虎，偏向虎山行？"我猜想，以前的老板那么器重自己，却留不住我的心，对我多少会有些怨恨吧？可是，当我想到自己空空如也的口袋，早将"好马不吃回头草"的想法抛到九霄云外，决定豁出去试一把。

　　等我忐忑不安地来到面试现场，才发现原来的老板已经调走了，以前的同事小刘成了新任老板。旧同事成为了面试的主考官，而且还可能成为未来的老板，感觉多少都有些怪怪的。不过，难熬的时光很快就过去了，小刘"不计前嫌"，重新聘用我为公司的彩扩员。只是在签劳动合同时，小刘补充了一句："我每个月会扣你三百元薪水，当做你的从业诚意金。如果你认真履行合同，不提前离开公司，合同期满我会一次性补给你。"毕竟，自己曾经当"逃兵"抛弃过公司，能够重新上岗哪里还敢说"不"。

　　回到原来的公司，我有了物是人非的感觉，除了熟悉的出纳赵姐，其他的工作人员都是新面孔。不过，我曾经为爱决意离开公司的"英雄事迹"，显然是想藏也藏不住的。"走都走了，不知道为什么还要回来？"大家对我这匹吃回头草的"野马"并不认同，甚至有一种本能的抵触情绪。那些难听的"杂音"其实早在我预料之中，我只好选择"左耳进、右耳出"，不希望自己工作的情绪被影响。

厨师的名片是菜肴，老师的名片是学生，彩扩员的名片自然就是照片了。在接下来的工作中，我冲洗的照片质量过硬，废片率长期接近于零，不仅是顾客对我赞不绝口，老板小刘对我很满意，而且一些我辞职期间不再光顾的顾客，从各种渠道得知我回归的消息，重新开始光顾我们的公司。我知道，那些顾客不仅是信赖我彩扩的技术，喜欢我热情而周到的服务，更有一种"恋旧"的情结在起作用。老板小刘可不会想那么多，老顾客回来了，公司的营业额上去了，他开心得合不拢嘴。

很快，那些对我有些许"敌意"的同事开始接纳我：在彩扩业务上，他们遇到难题会虚心地找我讨教，甚至丝毫不掩饰对我的崇拜；而遇到一些难缠的顾客，老板小刘又不在公司时，我被一次又一次推到了"前线"，而我每每都能较好地处理。于是，这些同事们开始暗地里封我为"一哥"，还开玩笑说我在公司待着，他们才真正有了"安全感"。当然，真正让我正式当上"一哥"，是老板小刘封我为首席彩扩员，并将我的月薪涨到公司第一位时。

　　吃回头草吃成"一哥"，这当然不在我的人生规划之内。不过，身在职场，我们真的不必被"好马不吃回头草"的旧观念困扰。当种种机会渐行渐远，我们不幸陷入四面楚歌的境地，吃回头草无疑是一种不抛弃、不放弃的坚韧，这样的坚韧可以让我们的梦想得以延续，有机会让黑暗的穷途末路变成光明的康庄大道。

新人不是『活雷锋』

公司是规模有限的那种，我们设计部是两男一女的格局。平日里，我们总是能够在繁忙的工作中，找到偷闲的机会。老总给我们安排了忙都忙不完的事，而我们总是喜欢开个小差，聊聊韩剧里的车仁表，还有商场最新的打折信息。每个人面前的电脑桌面的右小角，时时刻刻都藏着个隐身的 QQ 企鹅头像……

一天，我们几个在悠闲地享受着冬日的好天气，以及令自己满足的白领生活时，老板领着个稚气未褪的男孩进来了。老板向我们介绍，男孩叫阑，是刚毕业的大学生，也是我们设计部的新同事。看着阑的意气风发，我在一瞬间想到了自己刚来时的情形，也是一样的朝气蓬勃。

阑一来到我们办公室，就像每一个新人一样默默无闻、勤勤恳恳地工作着。早上，我们还没到，阑就开始打扫办公室的卫生。当我们进入一尘不染的办公室时，顿时有了心旷神怡的感觉，同事们面前的办公桌不知什么时候，又多了一杯香气四溢的咖啡。而我的面前是一杯麦片，难道阑知道我不爱喝咖啡的怪癖。我们三个"元老"都相视无语，悄悄享受起这样的生活来。

设计部有很多需要跑腿的活儿，以前我们都不情不愿的，总是以猜拳的方式来选举那个"倒霉蛋"。现在，不用我们言语，阑早就揣起文件，送往了有关部门。当阑跑前跑后的时候，我们又将话题扯到美国攻打伊拉克的热点新闻上去了。

下班了，我们都迫不及待地奔出公司，阑毫无怨言地收拾着满地狼藉的办公室。我们还打趣："唉，新人都是活雷锋。"慢慢地往家的方向赶着。

没几天，老总开会说我们设计部是公司的重心，要适当扩容，还要选出一个设计部部长。涉及到各自的前途，平时人浮于事的我们几个老职员，渐渐地收敛了许多，都想在老总面前留个好印象，以赢得升迁的机会。我们的梦还没有捂热，人选已经张贴在办公室外的公布栏了，原来阑后来居上了。

阑的当任开幕词说，你们都以为新人做什么都是应该的，新人仿佛就是活雷锋，你们都错了。当今职场就是战场，是没有战友，更没有活雷锋的，升迁的机会也是靠自己把握的。

虽然被一个新人训斥，心底很不是滋味，但是他说的句句在理，我们也只好虚心接受，然后在未来的日子里好好做他的下属了。

装忙时代

四周贴满便利帖，让人觉得你有上百件事需要备忘。

文件最好多到让抽屉合不上。

偶尔可放些没吃完的食物，让人觉得你连好好把饭吃完的时间都没有。

……

"穷忙族"的余温还在，"装忙族"又粉墨登场了，不忙却装忙是职场人对付管理者的"伎俩"，据说能起到化腐朽为神奇的作用。可是，装忙不装忙，却是值得我们思考的一个时尚命题——

很多辛苦的职场人会说，忙得一点自己的时间都没有了。其实，竞争激烈的职场无疑是小小的战场，忙是一种身心的疲惫，却也是对事业的温暖守护，是从不疏离的快乐拥有。忙，是一种奋斗着、追求着的姿态，是一种攀登高峰、期待"一览众山小"的意境，更是一种接近充实、接近梦想的美丽求索。

不忙装忙，或许是闲人虚假的烟雾弹，或者是忙人闲下来后的惯性姿态，却是对忙的一种亵渎或曲解。忙不等于乱，乱中彰显的忙并不是真正的忙，是一种缺乏运筹帷幄的肤浅。忙不是看不到终点的赛跑，乌龟的踏实可以超越白兔的松懈，工作的马拉松也会有撞线的喜悦。忙也不是废寝忘食的疯狂，而是合理的规划、从容的工作和充足的休息，事业的原动力也需要充电来补充。

其实，老板和职场人的关系并不是猫和老鼠，相濡以沫的情谊是更恰当的距离。装忙显然是一种多余的遮掩，相信高瞻远瞩的老板并非无法分辨员工的忙与不忙、装忙或者真忙，只是在公司利益大框架下，偶尔会有一点大智若愚的宽容，让员工在小聪明、小算盘里陶醉片刻。

说到为什么要装忙，有调查显示，为了饭碗与面子。多数人选择了伪装，硬是将自己包裹得严严实实，哪怕在家人面前也硬着头皮将假戏演到底。装忙装到家，在自己家人面前装忙，显然是一种愚蠢至极的姿态。忙与不忙，就像人生的忧伤和快乐，都应该和家人分享，而不是用假象来疏远家人，疏远爱。

忙时，游刃有余地面对琐细的工作，努力地各个击破；闲时，从容淡定地体会闲暇，赏花般享受偷闲的快乐。远离虚伪的装忙时代，选择没有伪装的人生，方能接近美妙的人生境界，接近最完美无瑕的自我。

试用期的热情

　　和千千万万踌躇满志的大学生一样，从美丽而纯洁的象牙塔迈进光怪陆离的社会，小陆的心底充斥着惶恐不安的动荡感，也有着挥之不去的莫名胆怯。不过，小陆应该算是一个比较幸运的毕业生，在离校前得到了一份业务员的工作机会，摆在面前的是一个月的试用期。

　　在小陆正式进入试用期前，一些资深的学长、学姐告诉他："试用期最重要的是平稳过渡，不求有功但求无过。"不过，在安逸的校园待的时间长了，就像一间闭塞久了的房间，急切地盼望着阳光的降临。小陆接受不了懒懒散散的工作作风，当元老们捧着报纸、端着茶杯消遣时间，或者趁老板不在随便找台电脑上网冲浪时，小陆将公司厚厚的产品名录看了又看，仿佛要一口吞下一头大象似的。而每当有不懂之处时，小陆就会缠着那些元老们问来问去，他们或认真或敷衍地答复他。有时，元老们还会说："新人总是三分钟热度，热度很快便会到退烧的时候。"

"我的热情不会退烧的，"小陆默默地告诉自己，"我一定会珍惜工作的机会，尽情展现自己多年来的所学。"对公司的产品有了足够的了解，小陆开始进行艰苦卓绝的奔波之路，今天去城东、明天去城西，今天在最热闹的市区、明天去最偏远的城郊。城市的公交车拥挤的程度超乎想象，而意外堵车的状况又层出不穷，在空气污浊的车厢里，心情在污浊的空气中慢慢发酵、变坏。可是，下了公交车，小陆会立即让自己的情绪如衣着平整如昔。随着探入丹田的深呼吸，所有芜杂的情绪都被滚烫的热情取代，春风般温暖的笑容挂在小陆青春的脸上，走向客户的脚步也是稳健而坚定的。

虽然小陆知道谈成一笔业务是不容易的，像他这样的新人很可能一无所获，但是拜访每一位客户时，小陆心底都燃烧着一团小小的火。这样的一团火点亮了他的希望，让青春的热情激荡着他的胸膛。有一次，小陆遇到了一个非常友善却又非常忙碌的老总，在小陆向这位老总推销相关产品的过程中，无数次被不期而至的电话、突如其来的到访和员工例行的交代工作打断。这位老总每次都抱歉地说："年轻人，你等等我，我马上来和你聊。"其实，小陆和这位老总最完整的交流，是在晚上七点钟才开始的。晚上八点钟，这位老总说："年轻人，你真不错，今天我们的交谈被打断了无数次，每次我回来和你继续的时候，你丝毫没有不耐心的表现，依旧微笑依旧热情。我相信一家公司有选聘你这样人才的眼光，公司的产品质量肯定也没话说，这份五十万元的订单我签了。"

奔波后，回到公司的小陆热情"减分"不少了，他总是躲在办公室一隅闭目养神，很少没事找事地和同事闲聊。有几次，连老板来了，同事们争先恐后地去打招呼，小陆都懒得抬一下屁股。当小陆签下五十万元订单后的不久，老板娘来公司探望老板，顺便视察一下公司的情况。好几个男同事连忙为老板娘端茶送水，女同事开始夸老板娘的拎包新潮、裙子是名牌时，小陆依旧头也不抬地整理着文件。等老板娘走了，有同事告诉小陆："小陆，老板娘离开时脸色铁青，老板娘枕边风一吹，就算你立过功，试用期结束也会走人没商量的。"坦白说，那一刻，小陆心底有一种迷惘，反而没有任何的恐惧。

试用期的最后一天，也是老板宣布小陆去留的日子，那些渐渐和小陆熟悉起来的同事，特别是和小陆同期试用的新人，纷纷表达出对小陆的不看好。其实，小陆心底也是忐忑不安的，已经抱着整理简历四处求职的准备。不过，小陆心底却有另一个声音："我努力过，也为公司带来了效益，我不该是离开的那一个。"

推开老总办公室厚重的大门，小陆的心悬到嗓子眼儿，其他几个试用的新人已经先到了。"你们中间只有一个人能留用。"

老总的第一句让空气顿时凝固，小陆的手心汗津津的，其他新人也紧张不已。老总站起身，走到小陆面前，拍了拍小陆的肩膀说："小伙子就是你了。"这多少有点让人大跌眼镜的意味。大家面面相觑，各人脸上是大大的问号。

老板没有卖关子，而是适时地解开了谜团。"公司招聘的业务员的热情非常重要，但是每个人的热情都是有限的，谁也不能苛求谁永远是一枚火球。你们别看小陆在公司里冷冰冰的，甚至对老板、老板娘都爱理不理的；但在潜在的客户面前，他可是像上紧了发条般，仿佛不用热情融化对方誓不罢休似的。"

用对你的热情——相信不仅是在职场，在平时的交际中，都是一条永恒的至理名言。

迎接失败者

　　小康毕业于名校的市场营销专业，大学期间就出了本热销的营销书。在老板的办公桌上，就放着那本大热的营销书，或许翻动的次数太多，书已经残破不堪了。老板怎么也想不到，"名人"小康会纡尊降贵来自己的公司应聘，捧着小康递过来的简历，仿佛捧着是稀世珍宝。

　　小康顺利地获得了业务员的职位，老板连最基本的试用期都给他免了，薪水也是一线员工的待遇。现实中，小康虽然算不上木讷，但是并不如营销书中写的玲珑八面。同事们纷纷表现出不屑一顾的姿态，唯有老板对小康的信任丝毫不曾动摇。

　　老板安排小康去洽谈一项业务，那是一项志在必得的业务，几乎换谁去都会带回好消息。没想到，小康把业务谈崩了，客户不仅没有如期签约，而且还打电话把老板骂了一通。有元老级的同事怂恿老板："这个小康看来只有花架子，还是辞掉他算了。"老板不为所动，还说："我们要像迎接马拉多纳一样，迎接铩羽而归的小康。"

在南非世界杯四分之一决赛惨遭淘汰的阿根廷国家队返回家乡时，令大名鼎鼎的马拉多纳感到意外的是，他和他的球队收获的不是阿根廷球迷的指责和批评，而是他们的欢呼和掌声。而其他在世界杯上惨败的球队主帅就没那么幸运：多梅内克在机场，被法国球迷骂为"法国有史以来最蠢的猪"；意大利主帅里皮在世界杯后，逛个街、钓个鱼、吃个饭都会被球迷当面羞辱；和马拉多纳一样退役走上教练岗位的邓加，更是被巴西球迷骂得不敢在公开场合见人……

"阿根廷球迷爱戴球王马拉多纳，但更发自内心地相信：在教练的岗位上，球王同样会创造出新的辉煌。"老板这样为他们分析着。老板还说："对一个败军之将的拥护，好像不符合成王败寇的'传统'，其实这是对失败者最大的信任和支持，这样的信任和支持是他重新崛起的力量。"

"阿根廷未来会有一个真正的名帅马拉多纳，而我们也会有一个优秀业务员小康。"老板的语气非常笃定。垂头丧气的小康等来的是大家的掌声，于是懊恼的神情立即烟消云散，自信重新占据了他的脸庞。马拉多纳何时能带领阿根廷国家队取得好成绩，我们不得而知。但是，被大家热情迎接的失败者小康，却很快就交出了满意的答卷。原来，那个愤怒

的客户不满的是小康自作主张的提价要求。但是，在小康二次
登门之后，这位客户权衡利弊后还是选择签约。

　　如此一来，小康给老板带来五十万"额外"的收益；让他
享受马拉多纳一样的待遇，看上去真的一点也不过分。

「叮饭」与提鞋

广州某港资公司一名新入职文员 Crystal，因不肯做"阿四（佣人或打杂者）"遭到排斥。原来，她入职两天后，被同事要求"叮饭"（用微波炉热饭菜，该词源于微波炉加热后发出"叮"的一响）。她认为文员不应打杂，拒绝了。主管知情后表示支持，却惹来办公室其他同事的非议。原来该公司一直有条不成文的规矩：历任文员都要兼替带饭的同事"叮饭"。

新人拒绝给带饭的元老"叮饭"，在获得主管支持的同时，也让元老怀恨在心。职场路漫漫，新人拒做"活雷锋"，留给自己的是恶劣的工作环境。职场是人的职场、合作的职场，新人"拽"来尊严的同时，也"拽"掉了宝贵的人心。

说到新人"叮饭"，自然会想到姚明提鞋。当年初到NBA，姚明是休斯顿的绝对新人。提鞋是火箭队的潜规则，"小巨人"也逃不掉低头为队友提鞋的"命运"。可是，提鞋阻碍不了姚明的成长，掩盖不掉姚明的光芒。很快，姚小弟成为姚老大，姚明不再低头，反倒有人屁颠屁颠地为他提鞋。

"多年媳妇熬成婆"，办公室也好，NBA 球队也罢，论资排辈永远是职场"阴魂不散"的潜规则。成长是一种美妙的宿命，最初的"低到尘埃里"并不可怕，风雨过后现彩虹，付出努力总会有柳暗花明的时刻。

就像这家公司，历任文员都要兼替带饭的同事"叮饭"，虽然并没有黑纸白字的章程，却也是心照不宣的默契。对上司可以说不，对权威也可以挑战，但是众怒却难犯。

其实，职场新人何必太在意细小的得失。"叮饭"不过是举手之劳，短暂的奉献，其实这也是职场经验和人脉的积累。就像姚明入职之初若不肯提鞋，姚明是孤独的姚明，以后很难成为火箭队的英雄；不"叮饭"，新人是寂寞的新人，也不会有太美妙的未来。

是任性地耍性子，还是务实地守"规矩"，是职场重要的第一课。

娃娃脸也会有春天

　　眼镜店里有两名配镜技师——小粟和小谢，都是三十出头的年纪，同样拥有超过十年的工作经验。

　　可是，小粟是一张三十多岁男人的脸庞，小谢却是一张稚嫩的娃娃脸。有人说，小谢二十出头，也有人说，小谢还不到二十岁。更重要的是，许多顾客都不信任小谢的技术，还有人直接说："我们相信眼镜店才来光顾的，你们可别让学徒拿我们当试验品。"被冷落的小谢常常郁闷得不行，总不至于见人就把身份证掏出来吧。于是，老板和同事们建议小谢穿得成熟一点，或者去商店买些假胡子贴在脸上。小谢淡淡地说："我想我还是做自己比较好，我相信娃娃脸也会有春天。"

　　小谢接到的业务依旧很少，但是他非常认真地完成每一笔来之不易的订单。那些不太在意配镜技师年纪的顾客，拿到了制作精良的眼镜，纷纷对小谢竖起了大拇指，还说："年轻人真不错，小小年纪就有过硬的技术，相信未来一定前途无量。"同时，那些满意而归的人也会口口相传："××眼镜店有个小师傅真不错。"没多久，一直屈居小粟之后的小谢，和小粟一样成为了店里的主力军，他们接到的业务量已是旗鼓相当。

渐渐地，小谢有了"少年老成"的美誉，甚至业务量有超越小粟的趋势。当所有人都以为小谢会倚小卖小时，小谢却没有继续沾自己娃娃脸光的想法。小谢印制了很多个人名片，名片上有自己真实的年龄，娃娃脸的真相便不再是秘密，顾客对他的钦佩顿时"降温"。

有要好的朋友跟小谢说："娃娃脸成为你的优势，你可以获得更多的宽容和优待，你为何不好好珍惜呢？"小谢笑着说："我不喜欢娃娃脸带来的歧视，也不稀罕娃娃脸带来的便利。"

小谢还说："娃娃脸也会有春天，我要的是实实在在的阳春，而不是在寒冷里晒太阳，感受'虚拟'的春天。"

冷笑话的功效

一个冷笑话。"假设牛排是会讲话的，一块三分熟的牛排和一块五分熟的牛排在大街上遇到了，为什么它们没打招呼呢？"我说着，卖了个关子才继续说，"因为他们都不熟。"

又一个冷笑话。"有一个胖子，从二十层楼顶往下跳，结果变成……"，设置了悬念后，我慢腾腾地说，"是死胖子。"

……

不同的冷笑话，却是相同的"命运"：听了我这个新人的笑话，办公室里一群元老都没笑，而是转身对着自己的电脑，装作勤奋用功地工作了。

其实，我很早就知道自己缺那么点幽默细胞，常常是一个精心准备的笑话还没讲完，身边的人早已哈欠连天了。连女朋友都常常取笑我："你是最低碳的笑话王，夏天听你讲冷笑话，连空调都不必开了。"

到了一家新公司，我迫切希望自己融入新集体，不想在人际关系上摔跟头，成为可怜兮兮的"职场花草族"。因为我想，如果大家对着我开怀大笑了，对我的戒备会少一些，慢慢也会接纳我这个新人了。

显然，现实却是那样的残酷，我没有搞笑的本事，只有制冷的功能。可是，我并没轻易放弃"冷笑话外交"，甚至还悄悄决定把冷笑话进行到底。我不断地从网上搜罗最新的冷笑话，甚至还自己原创了一些段子。幸运的是，元老们虽然没有被逗乐，但是也没阻止我继续讲冷笑话，时不时地，还会在闲聊时，用眼神鼓励我"再来一个"。久而久之，我发现元老们没有捧腹大笑，却在转身对着电脑时，露出了会心一笑。

后来，我逐渐被元老们接受了，慢慢褪去了新人的青涩。于是，一个在元老中间流传很久的秘密也被我知道。原来，元老们说："小路的冷笑话不让我们爆笑，却能够让我们回味后再开怀。更重要的是，当我们的笑不再那么'嚣张'，老总也不容易发现我们在开小差了。"

原来，冷笑话还有这样的功效，受到鼓励的我顿时很有成就感……

一月只上两天班

　　小康在一家冲洗店当彩扩员，每天在照片堆里打转，工作单调而枯燥。更让他郁闷的是，照片冲洗算得上是服务行业，他每周只有可怜的一天休息日，而且不在双休日休息。于是，小康每天都不开心，哪怕是休息日也绷着个脸。当别人把赚更多钱、提高冲洗技术当作理想时，他却天天幻想有更多的休息日。

　　后来，冲洗店调整了彩扩员的作息时间，休息日突然变得多了起来。小康不再是一周休息一天，也不是标准的一周双休，而是干一天歇一天的模式。和小康对班的小建，上班时干劲十足，下班后也玩得欢。而小康却抱怨着工作时间太长，到了第二天休息，累得都懒得动弹了。于是，小康依旧固执地幻想着，拥有更多的休息日。

一天，小康的老板杨总给他看一篇文章，大意是：台湾每个月的初六和十六是拜土地神的日子，很多公司都会专门派员工采购鱼、肉或水果拜土地神。一个菜民想出为这些公司代购祭品的主意，并慢慢得到了许多公司的积极回应。这位菜民现在变身为商人，月营业额近千万，更妙的是他一个月只上两天班。

"一月只上两天班。"羡慕不已的小康瞪大了眼睛，仿佛这就是他要的生活。杨总说："你很羡慕这位农民吧，但是他付出了巨大的智慧，并坚持不懈地游说大大小小的公司，最终才达到既赚钱又少上班的效果。而你，除了抱怨，又特别做了什么呢？"小康顿时无言以对，

职场上，常常有人抱怨自己事做得多、钱拿得少，又很不服气别人事做得少、钱拿得多。其实，个人的工作量和回报真的存在倒挂现象，却并不是发发牢骚就能改变的。与其不断地发牢骚，倒不如为"一月只上两天班"而努力，把牢骚留给那些没有进取心的人。

条条大路通罗马

　　十多年前，我还在一家快速冲洗店上班，那时候的传统冲洗工艺还很受欢迎。在那样小小的一个店里，有三个二十出头的年轻彩扩员，小谢、小王和我。那时的我们是快乐的，拿着不多的薪水，干着不累的活儿，聊着聊不完的闲话，时光的流淌因年轻也少了残酷的味道。那时候的我们或许有梦，却不知道自己梦中的罗马在哪里。

　　没多久，我们的快速冲洗店倒闭了，小谢、小王和我集体失业了。外面的世界很精彩，外面的世界也很无奈，数码影像已经发展得如火如荼，传统的彩扩员跟不上时代了。毫不夸张地说，像我们这样拥有多年彩扩经验的彩扩员，却必须像"小学生"一样从头学起。可是，数码影像并不是我们每个人的理想，除了小谢选择继续坚持，小王和我却开始开拓别的路。

　　小谢在一家快速冲洗店找到了工作，接着还将工作的重心转移到了广告摄影上。时至今日，他不再是一名普普通通的打工仔，而是闹市区两间影楼的老板。小王在一位朋友的帮助下，踏上了教育培训这条路，从门外汉到独当一面，他也成为一家培训机构的老板。而我，放弃了继续求职的机会，做了一名自由自在的写手，发表了数以千计的文章，少年时代的文学梦被发扬光大了。最近，小谢、小王和我有了重聚的机会，我们都很怀念快乐无邪的八年前，同时也很享受各自当下的幸福生活。

　　据说，公元8世纪起，罗马成为西欧天主教的中心，各地教徒前往朝圣者络绎不绝。当时从意大利半岛乃至欧洲的任何一条大道开始旅行，只要不停地走，最终都能抵达罗马。于是，有了"条条大路通罗马"的说法，成为非常励志的格言。

　　条条大路通罗马，我们虽然选择了不同的人生方向，梦中的罗马却依旧展现在我们面前。或许你的罗马还没出现，其实也不过是在路的正前方，请不要轻易泄气。

会泊车的保安

　　表弟高中没毕业，便找了一份在银行做保安的工作。接下来几年，表弟也换过几次工作，工作的单位不一样，学校、银行、商场等都干过，但是工作性质却是一样——保安。

　　表弟对保安工作有了厌倦感，开始琢磨着学点别的技能。于是，表弟在附近的驾校报了名，辞掉工作专心学习驾驶。半年后，表弟拿到了梦寐以求的驾照。拿到驾照的表弟仿佛拿到了"尚方宝剑"，以为未来的求职路一片光明，至少不必再去做保安了。

　　可是，没什么驾龄的表弟找了半年多，也没能找到一份司机的工作。痛定思痛后，表弟决定不再把找工作的眼光局限在司机上。可是，找工作并不顺利，表弟没有其他技能，最终还是找了份在酒店当保安的工作。唯一让表弟有所期待的是，酒店对保安的工资弹性很大，表现得好甚至可以和一些文职人员薪水相当。

表弟刚进酒店做保安，工作依旧和以前的保安岗位一样枯燥，而且他的表现也很平淡，自然没有加薪的可能。酒店虽然小，来用餐和住宿的客人却不少。客人常常是开着车子来的，保安负责引导客人将车停好，然后再用餐或者住宿。

一天，有位派头很大的客人让保安为他泊车，可是当班的几个保安都不会开车。这时，刚好要下班的表弟经过，于是自告奋勇地帮客人停好了车。客人进酒店之前还给表弟塞了两百元小费，表弟很少收到小费，而且这次是最多的。

酒店里有个会泊车的保安，老总知道后很高兴，拍拍表弟的肩表示了他的赞许。时间长了，酒店里的常客都知道了表弟会泊车，于是时常会把泊车的任务交给他，顺便也会给点小费。表弟多了点驾驶的技术，做起保安来开心了许多。老总对他青睐有加，客人也对他多了几分好感，更重要的是表弟的荷包也"暖和"了许多。

技多不压身，英雄自然会有用武之地，或许求职者的某些才能没能发挥出来。但是，那些潜藏的因素会给求职者带来"养分"，让求职者在未来的工作岗位上卓而不群，成为佼佼者。

相
信
别
人

　　一直以来，我都认为在职场上，自信是立足甚至是发展的
动力。没有对自己充分的信心，很难使自己取得更大的成绩，
也难以在公司发挥更大的作用。

　　我在一家影像公司任职多年，随着人员不断地流通以及工
作经验的累积，我俨然成为了元老级的人物。由于我对自己满
怀自信，并且确实工作干得出色，老板对我青睐有加，常常将
重要的任务交给我。可是，我手下的一些员工却让我头疼，工
作上常常犯一些低级错误。于是，我对他们失去了信心，许多
工作都尽量自己去完成，不愿意放手让他们去做。这样一来，
工作的效率却不高了，老板的脸色越来越难看。

　　一天，我在书房里发愁，老爸端着一杯麦片进来。知道我
的工作陷入"困境"，老爸放下麦片后没离开，而是在我对面

的沙发上坐了下来。老爸给我讲了我小时候的故事——

那时候，我还很小，还住在家乡的小镇上。镇上最热闹的地方有一家理发店，很多人都喜欢光顾那里，因为在大家眼里那里代表了最好的理发技术。我第一次光顾那家理发店时，是一位年轻理发师接待了我，并给我剪了头发。但是，那次理发的效果很差，我自己不满意，学校的同学都对我嘲笑不已。从那以后，我再理发都不去找那个年轻人，因为在我心底认为他技术太差。可是，那个理发师最后却成长了起来，成为了理发店的"台柱子"。

"在相信自己的同时，也要相信别人，就像理发师不会永远是'菜鸟'一样，你的下属也不会一直很糟，或许他们一直在进步，你自己却全然不知。"老爸继续教训着我，我隐隐觉得他说得有理。

从此，我改变了对下属的怀疑，放心大胆地交出许多工作让他们去做。而那些下属因为被信任也更卖力地工作，他们表现出来的能力让我欣喜，原来他们在被我"低看"的过程其实已经悄悄进步了。

学会跟昨天说拜拜

　　求职时，由于没有过硬的文凭，也没有名企的工作经验，往往是还没到面试现场，我已经先怯了几分。渐渐地，失败的求职过程一次次叠加，我的心也由最初的郁闷到最后的麻木。我开始埋怨自己，学生时代为何不再努力一点，以前求职为何不非名企不进，不然现在也不至于如此被动。

　　生活还是要继续，求职也要继续，我没有回避的勇气，也没有回避的资格。当我再次来到人才市场时，我收起了自己的私心杂念，也收起曾经的伤痛和自卑，再次为自己的职涯而争取。毕竟，人生无法改变的是已然过去的昨天，今天或明天依旧在我们的掌控之中。

　　于是，我一旦见到中意的职位，便呈上事先准备的求职材料，然后排队等待主考官的面试。坦白说，有很多职位对学历的要求，我其实是并不符合的，我只是抱着试一试的想法，希望人家也能"不拘一格降人才"。然而，大多数的招聘单位火眼金睛，二话不说就退回了我的求职材料。而且，对方不耐烦，夹杂着愤怒的眼神，俨然把我当成了滥竽充数的南郭先生。

当然，事情总有转机出现的时刻，有一家公司不仅面试了我，而且还正式录用了我。签完劳动合同，我忍不住问面试我的经理："我没有公司要求的文凭和工作经验，为何您还会破例录取不合要求的我？"经理淡淡地说："招聘简章的要求不必太当真，我看重的并不是你的文凭和经验，而是你今天的能力和态度。"我准备转身离开时，经理意味深长地说："小伙子，学会跟昨天说拜拜。"刹那间，我对昨日的懊悔和郁闷烟消云散，仿佛能感觉得到职场美好的明天。

正式进入公司，我工作的干劲特别的大，而对欣赏我的经理，心中也存了一份感激。或许正是因为经理对我的欣赏，我有意无意跟经理走得很近，甚至有同事私底下说："新来的小路真是太黏经理了。"天下没有不透风的墙，同事们的话很快传到了经理耳朵里。经理找我谈了一次心："小路，面试时我真的很欣赏你，用你的话说，我是破例录取你的。然而，昨天的欣赏不代表今天的肯定，我希望你能通过努力证明自己。"经理的话很委婉，我不仅明白自己黏人是一厢情愿，也再次想起了经理的那句"小伙子，学会跟昨天说拜拜"。

　　昨天，或许是阴霾密布的昨天，或许是阳光灿烂的昨天。那些载入"史册"的记忆，我们没有穿越回归的魔力，倒不如勇敢地跟昨天说拜拜。当昨天不再是我们的负担，今天的起飞会更顺畅，明天才有望飞得更高。

职场『拒升族』有点『惧』

在传统的观念里，升官与发财都是人生美事，这样的美事往往可望而不可即。可是，在职场却有一群"拒升族"，对于别人梦寐以求的升职，他们却潇洒果断地说"不"。

无疑，升职与加薪是一对亲密的好姐妹，升职除了拥有更大的权力和责任，薪水自然也会悄悄地"升级"。从某种意义上来讲，拒绝升职其实就是拒绝加薪，在物价飞涨的经济乱局中，难道还真有人"视金钱为粪土"吗？

一年前，笔者就当过一回"拒升族"，放弃了影楼门市经理的职位。老总之所以给我升职，一方面，是我拥有出众的摄影和销售的能力；另一方面，身为元老的我在影楼拥有了不错的人脉和威望。坦白说，底薪和奖金双双上浮的吸引力很大，有那么一瞬间，我差点有欣然接纳的冲动。然而，我心底却有另一个声音，特别地响亮：亲爱的，你一定要拒绝升职！

拒绝升职的理由，其中有两点比较重要：第一，短期内生活的重心不仅仅是工作，由于和爱人结婚有些年头了，积极"造人"成为了必然的选择，爱人怀孕、生产和产后都需要体贴的照顾；第二，工作之外，还有我更在乎的精彩世界，比起摄影我更热爱的是文字创作，近的目标是多在报刊发表文字，远的目标是公费出版属于自己的书籍，这同样需要大把时间的投入。

当然，公与私之间的博弈，如果私事占据了上风，甚至成为拒绝升职的理由，老总的脸色一定不好看。所以，在拒绝老总升职安排时，我并没有将这样的理由摆在台面上。我给老板的解释是："我适合摄影和销售的工作，但是显然没有管理的才能。平时，同事们喜欢我、尊敬我，并不代表在我升职后，他们就会服从和配合我。如果我升职后，反而失去了人脉和威望，别说待在门市经理的岗位上，就算想回头做个普通职员，估计也很难待得下去了。"

对于我这个"扶不起的阿斗"，老总神色里有一丝丝的惋惜。但是，见我话都说到了这个分儿上，也只好把升职的决定"搁浅"了。幸运的是，经历这样一次升职风波，老总并没有为难我，或者对我"另眼相看"。而我的工作、我的生活，依旧从容而快乐地继续着，复制着前一天的快乐和惬意。

其实，职场"拒升族"的潇洒和果断，并不是一种耍酷的生活态度。说到底，职场"拒升族"心底多多少少有点"惧"：惧怕当下的生活被改变，惧怕改变后的生活无法回归原位，惧怕升职带来的不是快乐的积累，而是痛苦的颠覆。

心灵的『亮瓦』

加盟一家新公司，到了一个新的环境，我开始变得不适应。带着压抑的情绪，我回到了老家小镇。老父和棋友在忘情地鏖战。棋局结束后，老父陪我走过小镇的老街，倾听着我"新同事都太自私"的抱怨。

我本以为老父会努力地安慰我，或者劝我不要和新同事计较，同时用自己的真诚打动他们。然而，老父并没说任何话，也没任何的规劝，只是拽我上了一辆三轮车。三轮车开往了乡下，那里曾经住着我的一位表伯，表伯过世后，我就再没去过那个地方。三轮车停在表伯的老屋前，想不到这么多年过去，老屋依旧还那么真实地伫立着，没有被时髦的小洋楼代替。

我不明白，表伯的老屋和我的职场烦恼有什么关系，我不由得开始埋怨起老父："我已经烦到不行了，没有心思来看表伯破旧的老屋。"老父摆摆手："很快，谜底就会打开，你跟着我就是了。"随老父走向表伯低矮的老屋，推开门的一刹那，不是我预料中的漆黑一片，一缕缕阳光透过屋顶的亮瓦洒进来，让老屋里顿时平添一片光明的气息。坐在表伯的老屋里，父亲平静地说："想不到老屋如此明亮吧，这都是亮瓦的功能。"

在我的孩提时代，不光是乡下有老旧的房屋，小镇上也有许多老屋。盖老屋时，屋顶除了要铺盖足够的瓦片，还需要几片玻璃材质的亮瓦。亮瓦的作用很明显，就是为了老屋的采光，有了亮瓦，低矮的老屋也会分外明亮。当我沉浸在往事之中时，老父说："其实，老父不想跟你讲什么大道理，你只需把亮瓦当作你心灵的导师，职场的烦恼自然烟消云散。"

我顿时豁然开朗。成为同事们的"亮瓦"，奉献一片光和亮，就会少一些误解和隔阂，多一些理解和支持。反之，如果职场中的你我他都是实心瓦，再多的瓦片累积起来不过是黑屋一间，怨声载道也就不奇怪了。

把香味留在别人的脚跟上

　　几年前，我曾经通过应聘，成功加入市内某知名房地产公司。我入职前，就有朋友告诉我，房地产行业藏龙卧虎，很多年轻人身怀绝技，让我别被他们"误伤"了。我想朋友的意思很简单，让初来乍到的我不要锋芒毕露，应该懂得适时的谦卑，甚至学会"低到尘埃里"。

　　我曾经设想过很多尴尬的入职经历，比如自我介绍时被喝倒彩，比如被安排到离洗手间最近的格子，比如被当成打杂工去做清洁阿姨的活……可是，职场的未来就像彩票号码般变幻莫测，再用心的编排都猜不对现实的剧目。

　　那天，我衣着光鲜、气宇轩昂地来到公司报到。走到光洁照人的走廊上，我的心情一点点地明朗起来，我想只要轻推那扇门，美好未来就一一呈现了。可是，没想到，推开办公室门后，地上有一摊色彩诡异的脏兮兮的液体，可能是咖啡和果汁的混合体，也可能是别的什么"二合一"或"三合一"。我是在结结实实摔了个跟头后，才对地上的液体开始研究的。

我刚起身，只见一个男同事拿着拖把走过来，用敷衍的语气道着歉："都怪我杯子没端稳，将饮料洒了一地，才害你弄脏了一身行头。"我隐约听到别的同事说："我说小徐，你杯子端的是什么哟，要不给我们介绍介绍？"在一片哄笑中，我知道自己被算计了，这是小徐为我精心准备的"见面礼"。不过，我并没有发怒的打算，我想发怒也是无济于事的。我一边用纸巾擦拭着上衣和裤子，一边面不改色，微笑着说："您好，徐前辈，还有各位前辈老师，我是新来的职员小路，很高兴能认识大家，请多关照。"

与其说我的表现镇住了大家，不如说是大家被我的淡定雷倒了。不过，更多的见面礼和入职后的责难，并没降临到我的头上。在这家房地产公司上班的几年间，我收获了同事们的善意和关爱，害我栽跟头的小徐更是成为我职场上的贵人，让我在公司左右逢源、逢凶化吉，并得到迅速成长。

安德鲁·马修斯在《宽容之心》中说过："一只脚踩扁了紫罗兰，她却把香味留在那脚跟上，这就是宽恕。"我想正是在入职栽跟头时，用微笑取代了还击，用宽恕取代了抱怨，把"香味"留在别人的脚跟，才让我得以最终也收获了事业的芬芳。

第六辑

颠覆梦想不颠覆热情

我们每个人都可能有梦想被颠覆的尴尬和残酷。但是，尴尬和残酷过后，勇敢地重拾不曾被颠覆的热情，相信被重新整合的梦想和人生，终会有重放光芒和抵达巅峰的那一刻。

风中之烛也能照亮世界

　　林书豪，黄皮肤、黑头发，身高一米九一，体重九十一公斤。在大多数人的意识里，如此身体条件的华裔球员，很难在强手如林的NBA中"打"出一片天。甚至有人暗地里说，既然你不是小巨人姚明，创造不了明王朝，倒不如改踢足球，没准能在美国大联盟或中超找到机会。

　　可是，林书豪不放弃心中的篮球梦想，以在校生的身份加盟哈佛大学篮球队，并通过自己的不懈努力，获得常春藤联盟分组冠军。每个体育人的梦想都是"更高、更快、更强"，作为篮球队员的林书豪最向往的自然是NBA，因为那里是世界职业篮球的顶级殿堂。于是，在2010年，林书豪参加了NBA选秀大会。

　　虽然林书豪在NBA选秀大会上落选，但是他得到了金州勇士队的邀请。然而，进入 NBA 的林书豪并没立即迎来好运，金州勇士队并没完全认可林书豪的能力，一年多的时间里，林书豪在反复下放和召回中度过。2011 年 12 月，林书豪被金州勇士队裁掉，在加盟小巨人姚明的母队——休斯顿火箭队不到半月，又加盟了现在的纽约尼克斯队。

　　进入纽约尼克斯队后，林书豪仍然是非保障性球员，换言之，等待林书豪的是随时的下放或裁员。不仅如此，林书豪甚至没有一个属于自己的房间，队员兰德里的沙发成为了他临时的睡床。林书豪免不了会感叹："我的篮球生涯进入 NBA 后，仿佛在风中点亮了一只蜡烛，随时都有被吹灭的危险。"

　　当然，林书豪心底装着一点点感伤，同时也装满了奋斗的毅力。2012 年 2 月 5 日，在纽约尼克斯对阵新泽西网队的比赛中，积极勇猛的林书豪收获二十五分、七个助攻、五个篮板，帮助球队获得胜利，得分也刷新了职业生涯新高。接下来的四场比赛，林书豪像一个持续爆发的小宇宙，甚至力压嘲笑自己的巨星科比，战胜了强大的洛杉矶湖人队，同时给球队带来五连胜的佳绩。

　　一时间，林书豪由寂寂无名到声名鹊起，成为 NBA 最受瞩目的球星，不仅整个美国篮坛在谈论这个名字，亿万中国球迷也为他心潮澎湃。有篮球评论员迫不及待地宣布：小巨人姚明创造了明王朝，林书豪的林王朝也正在建立。对于林书豪来说，摆在眼前的不仅是把非保障性合同变成保障性合同，美好的前景已然如康庄大道般铺开。

有网络媒体这样评价林书豪：他以落选新秀的身份，两年内，辗转金州勇士队、休斯顿火箭队与纽约尼克斯队三支球队，随时都有可能被扫地出门，甚至已经做好了前往海外打球的打算。一周之前，他如同风中之烛；一周之后，他却将整个世界照亮。

风中之烛也能照亮世界，林书豪确实创造了非一般的传奇。其实，坚持、坚持、再坚持，努力、努力、再努力，看上去好像有一点让人提不起劲的老套，其实却正是走向成功的唯一法宝。

微笑也是一种能力

　　那时候，他身上还没有明星的光芒，更不会有千千万万的粉丝围绕在身边。他只是一个普普通通的十五岁男孩，性格孤僻的他很少绽放灿烂的笑容，甚至微笑也很少掠过他年少的脸庞。

　　他的父亲有着庞大的生意，但是深谋远虑的父亲却要求他提前独立，自己赚取生活费或学费。不爱笑的他甚至都没有反抗，就冷冷地离开了温暖的家，冷冷地面对接下来的独立生活。

　　那时候的他青涩中也透着帅气，但是他冷若冰霜的脸仿佛一道墙，让那些招聘员工的公司对他敬而远之。他最初的工作只不过是帮园丁锄草，委身小餐厅洗碗甚至洗厕所，最体面的工作也不过是调配珍珠奶茶。时薪制的工作让他收入微薄，而且每天都累到精疲力竭，他的愿望是赚更多的钱。

于是，他开始挨家挨户推销菜刀，希望销路打开后能赚到更多钱。一扇又一扇陌生的门打开，等待主人的是明晃晃的菜刀外加一张冰冷的脸，可想而知，他的菜刀一度很滞销。后来，一位推销菜刀的前辈跟他说："小伙子，微笑也是一种能力，如果你拥有这样的能力，或许你能得到意想不到的效果。"

于是，每天出门前，他开始对着镜子微笑，微笑上百遍，甚至脸部肌肉都开始僵硬。最初，连他都认为自己的微笑很做作，很容易被顾客识破。功夫不负有心人，他终于练就了"一开门就能立马拥有灿烂笑容"的本事。而面对英俊少年的微笑，菜刀潜在的顾客群——广大的家庭主妇，心底难免会泛起一丝母性的光辉，掏钱也就没那么犹豫了。他一直卖菜刀到考上大学，而他是开着一辆用卖菜刀赚来的钱买的二手车，去安大略省美术学院报到的。

后来，他以模特儿的身份拍摄广告成名，并在唱片业得到了一定的关注。不过，最终让他被粉丝们熟知的是海岩电视剧《玉观音》中的毛杰一角，从此他的演艺事业也驶入了"快车道"。和他一起参演《玉观音》的孙俪说："别看他在电视剧中酷酷的，不爱笑。其实，拍戏之余总是一脸友善的微笑，还常常飚冷笑话逗乐我们。"或许正是因为他把微笑当作了一种能力，让他在娱乐圈拥有良好的口碑和人缘，才得以一步步从寂寂无名走到巨星的位置。

　　更让人觉得不可思议的是，他的微笑不仅可以打动娱乐圈的同行，还能打动他在《新三国演义》中的戏中搭档——赤兔马。对马术很不精通的他常常在拍戏之余，跟赤兔马聊天、搭讪或讲冷笑话，还耐心地喂红富士苹果给它吃。他"拍马屁"的努力没有白费，赤兔马从来没有为难过他，让他的拍摄进行得非常顺利。

　　写到这里，相信聪明的你已经知道，他就是星光四射的巨星何润东。而他在诸多影视剧或广告片中，除了高大英俊的形象，友善的微笑必定也让你难以忘怀吧。

　　不敢说，微笑是何润东成功的唯一秘诀，但是将微笑当作一种能力，无疑成为了他成功的助推器。当你还在为难以获得梦寐以求的成功而烦恼，并一直臭着一张脸的时候，何不像何润东一样，先掌握微笑——这一美丽的人生能力呢？

不断调整的梦想

　　每个人的童年应该都是有梦的，长大后当科学家、宇航家或外交官，都曾写在儿时的作文、日记里。可是，许多梦没有实现的机会，甚至在通往未来的路途中，人们便悄悄调整了自己的梦想……

　　说到这里，不得不提一下娱乐巨星曾志伟。曾志伟戏拍得棒，1995 年凭和谭咏麟、张曼玉主演的《双城故事》夺得香港电影金像奖最佳男主角；1997 年，再凭《甜蜜蜜》夺得台湾金马奖，及香港电影金像奖最佳男配角。在电影《无间道》中扮演黑社会大佬"韩琛"，精湛的表演给观众留下深刻印象。而在主持界，曾志伟发疯搞笑式的主持风格，也常常逗得观众捧腹大笑。在诸多重量级的颁奖典礼上，时不时都能见到曾志伟的身影，号召力强大的曾志伟还牛气冲天地说："我随时都可以召集整个香港娱乐圈。"

那么，曾志伟最初的梦想是当明星、演戏或主持吗？显然不是，曾志伟童年的梦想是和足球有关的。读到这里，你或许会在心底发笑：身材矮小的曾志伟玩得转足球吗？事实上，曾志伟也知道自己身材矮小是缺陷，但是不服输的他勤于训练，球场上第一个来，最后一个走。最终，曾志伟不仅把足球玩转了，还入选了香港青年队，代表香港去韩国踢青年杯。对韩国的比赛中，香港青年队输掉了比赛，曾志伟却获得当场最佳球员。

现场看球的洪金宝很欣赏曾志伟，赛后找到曾志伟，问："你愿意跟随我，做一名龙虎武师吗？"师傅领进门，修行靠个人。在洪金宝的提携下，曾志伟进入了五彩缤纷的娱乐圈。从足球运动员到电影人，曾志伟的人生梦想就这样被调整了，甚至连当事人都始料未及。但是，不得不承认，曾志伟调整后的梦想，让他获得了更加璀璨的成绩。倘若继续留在香港足坛，相信他获得的成就或许会小很多，更不会在全世界华人的心底留名。

我们最初的梦想是美好的，却不代表梦想是不可替代的，更没必要"一条道走到黑"。在适当的节点，调整自己最初的梦想，让梦想在新的领域闪光，也算得上是完美的华丽转身。所以，我们弄丢了最初深藏心底的梦想不要紧，只是别弄丢继续做梦和追梦的热情。

梦想追逐的终点无疑是成功，然而并不是所有的等待都能迎来花开，不是所有的梦想都会结下沉甸甸的果实。人生路上，不断调整最初的梦想，只是给予梦想更大的空间，让我们离圆梦更近一点。

卖鞋前，演好最后一部戏

　　娱乐圈多姿多彩，很多年轻人削尖了脑袋，也要挤进来。可是，立足娱乐圈不易，有些人就算挤了进来，也会面临要离开的尴尬。

　　小时候，别的小孩参加钢琴或美术培训班，他却是附近游泳馆的常客。很快，他在游泳上表现出的潜质被发掘，成为了一名地地道道的游泳选手，甚至在高中时便获得了台中市铁人两项冠军。后来，他不知不觉喜欢上了看飞机的起降，还默默在心底写下了"飞行官"的理想。通过不懈的努力，他顺利地通过了相关的考试，成为飞行官的理想唾手可得。

　　2002 年，他陪一个要好的朋友去娱乐公司试镜。朋友不幸落选了，长相俊朗的他阴差阳错被选为戴佩妮 MV 的男主角。美丽的舞台、神秘的镜头或频频闪亮的闪光灯，这些绚烂无比的细节，让他心底萌发了一个新的理想，那便是成为一名人见人爱的演员。随后，他的理想一点点实现，他不仅和公司另外两位人气男模一起被称为"凯渥三剑客"，还参演了多部收视率极高的青春偶像剧。

可惜，虽然他在剧中不是跑龙套的角色，但是戏份不足让他遭遇了戏红人不红的尴尬。很多回，已经进入娱乐圈的他还体会到"月光族"的滋味，信用卡一次又一次被他刷爆。无奈之下，他常常向做鞋子生意的老爸伸手，来解决自己面对的经济上的困窘。老爸会关切地说："如果实在撑不下去了，回来和我一起卖鞋子，一样能赚钱，一样能过上好日子。"他的心底涩涩又暖暖的，好想就这样告别娱乐圈，远离镁光灯，过一个平凡人的生活。

或许是心底的梦想还在沸腾，他对老爸说："让我再坚持一下，累了，倦了，我回来陪你卖鞋。"他终于等来自己做男主角的机会，和他搭戏的是偶像剧女王陈乔恩。不过，他在进剧组拍摄第一天就宣布："这是我的最后一部电视剧，之后我会帮老爸打理鞋子的生意。"他认真的言语在剧组引起不小的骚动，不仅其他演员担心他不会好好演出，连导演陈铭章都开始后悔选错了人。

"卖鞋前，演好最后一部戏。"他把这样的话放在自己的博客上，算是对自己的监督和鞭策。而大家担心的事情并没有发生，他依旧全身心地投入到拍摄之中，甚至比之前任何一部戏还要紧张。拍完了这部偶像剧，他一一和导演、演员及其他剧组人员拥抱，那是一种恋恋不舍的告别。不仅是他，许许多多的人都留下了泪水，一时间整个剧组成为了泪水的海洋。

意想不到的是，此剧以单集平均收视率 10.91，打破之前由《王子变青蛙》保持的偶像剧平均收视纪录 6.99，成为台湾电视史上收视率最高的偶像剧，接下来不仅获得大大小小的奖项无数，还让粉丝们记住并喜欢上了之前默默无名的他。功成名就的他不再选择离开，只能对做鞋子生意的老爸说："对不起，我选择留住娱乐圈。"

没错，他就是千千万万粉丝喜爱的"小天"——台湾偶像明星阮经天，之后他还接拍了反映八〇年代台湾黑道生活的电影《艋舺》，并荣获 2010 第四十七届台湾电影金马奖最佳男主角奖。

成功或许真是可遇而不可求，但是选择离开之前的不松懈，会是一道最美丽的人性光辉。哪怕我们的转身之后没有华丽的篇章，但是最后的认真却优雅而从容，足以让我们留给岁月美好的记忆。如果眷顾你的好运适时来临，或许你也可以和阮经天一样，迎来梦寐以求的人生转机。

倪萍的自知之明

倪萍是广大观众非常喜爱的节目主持人，虽然时下她在电视荧屏出镜的频率变低，更多地出现在电影大屏幕上，但是她在中央电视台综艺大观和春节联欢晚会上的精彩表现，给观众留下了难以磨灭的印象。

在人气节目《超级访问》中，倪萍给观众们谈到了她很多的人生第一次，而最重要的第一次无疑是初进中央电视台。其实，在进入中央电视台之前，倪萍首先开展的是自己的影视之路。当倪萍还在山东艺术学院就读时，就先后拍摄了《山菊花》和《女兵》，并获得了观众的喜爱和电影界的认可。正式调入中央电视台时，倪萍已经是三十一岁的"高龄"，对于即将进入国内最好的电视台，开始陌生的主持人生涯，她还是信心满满的。

那天，倪萍到来时，整个办公室一共有十一名编导，但是没有人起身和这个新人打招呼，也没有人让她开始例行的自我介绍。接着，办事归来的导演陈雨露还说："我们不想要这么大岁数、这么老的人。"意气风发的倪萍上班第一天，就遭遇到了莫大的压力和委屈，却只能躲在洗手间里抹眼泪。

很快，倪萍的命运便发生了翻天覆地的变化：两周后，她正式参加了综艺大观的直播。而且由于表现良好，一个月后，倪萍还和老牌主持人赵忠祥一起主持了万众瞩目的春节联欢晚会。如此一来，倪萍不仅成为了中央电视台的红人，在全国也拥有了亿万的热情粉丝，尝到一炮而红的滋味。那个时候的粉丝不叫粉丝，也没有时下流行的博客和微博，信件像潮水般涌向了倪萍的办公室。回想起当初的情形，被观众肯定的倪萍露出幸福的表情。

从初进中央电视台的被冷落，到获得难以想象的巨大成功，换了别人早已飘飘然了，倪萍反而很淡定，很沉得住气。当曾经嫌她"老"的导演陈雨露好奇地说："年轻人，其实你现在发泄一下入职时的不满，我们这些老同志也不会怪你的。"倪萍认真地说："其实我有自知之明，我获得的成功不在于个人的魅力，是央视这个超级大舞台给了我能量，我能做的就是做好每一期节目，不辜负观众对央视和我的喜爱。"

或许，正是因为倪萍的自知之明，让她在一路成长的过程中，少了一些挫折、少了一些非议，多的是观众的赞许和爱戴。

在"一路有你——中国扶贫基金会慈善晚会"上，倪萍自己的一幅涂鸦之作——《韵》受到专家的好评，并在拍卖中一路扶摇直上到一百一十八万元。在拍卖中，特别是慈善拍卖中，竞拍价肯定越高越好甚至不设上限。可是，按捺不住的倪萍却举槌喊停，让竞拍价停到了一百一十八万元上，并诚恳地说："我的画值不了这么多钱。"

虽然这是一次不太成功的慈善拍卖，但是倪萍清楚地认识到，画作的值钱与否不在于艺术含量高低，是明星名人的身份增加了画作的附加值。可以说，倪萍举槌喊停的虽然只是上扬的竞拍价，但是她的自知之明无疑有一种美丽的光辉，会让广大观众对她的爱更深、更久。

戴着面具跳舞

　　我从小就怀揣着一个和摄影有关的梦，也期待着自己能背着摄影包周游列国，拍摄出震撼人心的好作品来。可是，家境的贫寒限制了我的梦，别说是买一部国产的凤凰相机，就是去照相馆拍照留念都少之又少。

　　多年前，我有幸拥有了一份和摄影沾边的工作，在一间快速冲洗店当彩扩员。没有工作经验的我，通过三个月的学习，便成为了一名熟练的彩扩员，每天可以独当一面地冲洗数千张的照片。本来，摄影梦突然离自己很近很近，应该是一件欣慰和备受鼓舞的事情。可是，我却丝毫快乐不起来，因为冲洗照片和摄影是两回事，在进口机器前不知疲倦地操作，更像是单调的流水线作业，离摄影的艺术性越来越远。

　　于是，我没有了入职时的激情和动力，人也渐渐地懒散了起来。江涛是店里的元老,在我学习冲洗技术时没少指教过我,他敏感地发现了我的异样。我开诚布公地把自己的梦想和当下的困惑悉数道出,像是一个陷入丛林迷宫的人渴望指南针的引导一样。

江涛没有和我说摄影的事,而是讲了一个明星的故事:"他通过选秀活动,前往韩国进入 SM 公司开始练习生活,经历数年的全方面的练习和培训,他加入组合并推出热门单曲。可是,由于韩国法律对外国艺人的限制和签证问题,他只能上三个指定的电视台,出镜率非常之低。但是他却以顽强的毅力挺了下来,并且为了组合的整齐和他心爱的舞台,冒着被驱逐出境的危险,戴着面具参加了多次演出。"

当我得知这位明星竟然是青春偶像韩庚时,我着实被狠狠地吓了一跳。原来,韩庚为了实现自己的演艺梦想,竟然付出了超乎想象的代价。那些藏在面具后面的演出,可以说不仅是格外的无趣,甚至还夹杂着挥之不去的屈辱。可是,当韩庚面对无趣和屈辱时,选择的却是隐忍和坚强,最终获得了亿万粉丝的热爱,还有已经铺开的光辉前途。而这样的隐忍和坚强,何尝又不是每个追求成功者不可或缺的优良品质呢?

如今,韩庚在演艺事业上的发展如日中天,更不必再戴着面具跳舞了。而我在韩庚戴着面具跳舞的启发下,对自己的冲洗工作更加投入,获得了老板、同事和顾客的好评。而且我还用薪水配备了摄影器材,摄影技术的提高也与日俱增,并在几次有奖比赛中获得奖项，丝毫不曾抛弃最初的摄影梦。

　　走向成功的途中，难免有这样那样的委屈，或许有些委屈还是难以承受的。但是，适时的隐忍和坚强是铸造辉煌的基础，会让我们的成功变得更珍贵。

慈善开启商机之门

　　慈善就是慈善，如果慈善跟商机牵扯到一起，肯定会有人嗤之以鼻。可是，台湾女明星宋新妮在一次经她自己发起的慈善活动后，出乎意料地给自己打开了一道闪亮的商机之门。

　　提到宋新妮，她的名气自然无法跟萧亚轩、陈乔恩或小S相比。台语里"咖"是角色的意思，如果萧亚轩、陈乔恩或小S是台湾娱乐圈A咖的话，宋新妮便是仅次于A咖的B咖。宋新妮出过音乐专辑，拍摄过影视作品，也担任过节目主持人。虽然当下宋新妮不至于大红大紫，但是由于她出镜高、通告多，又会扮丑、搞怪，不会像A咖有偶像包袱，所以被娱乐圈公认为"B咖天后"。宋新妮常常对朋友们说："虽然我的钱赚得没有A咖多，但是我拥有的是满满的快乐。"

2008 年，宋新妮参加了一个叫"'医'起做公益"的慈善活动。在义卖现场，宋新妮号召自己的明星朋友捐出个人的二手衣物，拍卖所得捐献给看不起病的弱势群体。包括林俊杰、阮经天、伊能静、陈乔恩等众多明星捐出自己的二手衣物，配合宋新妮参加这次慈善活动。"取之于社会，就要回馈社会，身为艺人更应该要多发挥我们的公众力量。"宋新妮是这样说的，而拍卖二手衣物确实也获得了较好的效益，为慈善活动画上完美的句号。

不过，这次义卖明星二手衣物的活动结束后，明星送来的二手衣物并没卖完。当宋新妮要求明星朋友们取回时，怕麻烦的明星们纷纷表示"不想要了"，这让宋新妮不知所措、倍感头痛。其中，伊能静还说："我家里还有七大包只穿过或用过一两次的二手衣物，堆在家里既占位置又不能发挥作用。如果你建立一个销售平台，我愿意全部拿来给你卖。"吩咐助理将这些明星的二手衣物转运回家的同时，宋新妮开始认真考虑伊能静的建议。

很快，宋新妮的明星用品专卖网店开通了，慈善活动中剩下的明星二手衣物被摆上了网，她公开承诺这批二手衣物获利将悉数捐出。宋新妮开网店的消息一传十、十传百，粉丝们纷纷涌上了这个网店，不仅期望能够淘到自己喜欢的明星穿过或用过的衣物，更希望追随明星捕捉到最新的时尚风潮。很快，令宋新妮头痛的明星二手衣物一售而空，但是粉丝们的热情却没有休止。

于是，宋新妮给伊能静打电话："伊姐，你那七大包二手衣物，我全要了。如果成功售出，我会抽取百分之三十的佣金，你认为如何？"伊能静笑着说："你说怎样就怎样，变废为宝，其实是一件快乐的事情。"接着，宋新妮利用自己在娱乐圈的人脉，不仅继续向林俊杰、阮经天、伊能静、陈乔恩等A咖明星淘二手衣物，还将搜索的范围扩大到了阵容更强大的B咖明星身上，比如林智贤、阿BEN和郭世伦等。由于台湾娱乐节目众多，B咖明星同时也是通告达人，受到粉丝的关注也不少。不久，一件奇妙的事情发生了：林智贤意外地打败林俊杰、阮经天，成为宋新妮网店二手衣物最好卖的明星。

日前，宋新妮出售明星二手衣物的生意越过海峡线，正式登陆淘宝网面向大陆的粉丝们。粉丝们不仅可以在淘宝网网店采购喜欢的明星二手衣物，还可以点菜般让宋新妮寻你所需要的明星二手衣物。

可以这样说，宋新妮在台湾娱乐圈确实拥有一定知名度，但是B咖天后的地位不足以让她有较好的收入，反倒是很艳羡那些A咖明星。而随着打开销售明星二手衣物这道商机之门，宋新妮无疑为自己的未来铺开了一条金光大道。或许有人说，靠山吃山，靠水吃水，而宋新妮是靠着娱乐圈这颗大树，才得以开展销售明星二手衣物的生意。然而，从一次成功的慈善中，发现商机并抓住商机，其实是需要眼光和勇气的。

生活往往就是这样，抓住机遇的意识强一点点，我们便会离成功很近很近。

只要九十个小时获得掌声和喝彩

在少年们常去的论坛里，出现了一个很拉风的人物——美国人乔治。乔治的拿手好戏是转笔，不管是钢笔、圆珠笔还是铅笔，都能在他的五指之间尽情地舞蹈。虽然少年们不爱念书、不爱写功课甚至不爱握笔，但是那种指间的舞蹈还是深深地吸引了他们。

渐渐地，乔治有了一个"笔神"绰号，少年们还自发成立了"笔神"粉丝后援团。可是，乔治在万里之外的美国，他每次只是上传一些自己的转笔视频，顶多和少数狂热的粉丝私聊一通。显然，少年们不满足做乔治的粉丝，他们也希望自己能拉风一回，在心仪的女生面前好好地表现一番。

乔治一点也不保守，他承诺要教会二十名少年，然后和他们一起快乐地转笔。乔治说，按照他的指导，一个刻苦练习的转笔新人，三个月后便是转笔达人了。小雄和达亮幸运地入选，和其他十八名入选少年一起，开始了他们的转笔生涯。表演是精妙的，练习是枯燥的，转笔新人指间的笔会一次又一次滑落，仿佛离成功非常地遥远。小雄叹息时，达亮也皱眉，两个小哥们儿经历着失败的历练。

后来，达亮不再和小雄一起练习转笔，而是有空就去打篮球、泡网吧或者在操场发呆。小雄寂寞地练习着，笔一次次尴尬地滑落，又一次次重新回到指间。当最初学习转笔的少年一个个选择放弃时，小雄却发誓要坚持到底，一定要完成三个月的练习。三个月刚刚过半，乔治的一对一视频教学，仅仅剩下小雄一个学生了。渐渐地，大家在艳羡乔治转笔技术的同时，不再有人梦想自己能成为转笔达人。

三个月的时间说长不长、说短不短，乔治的转笔"培训班"结业的日子到了，小雄成为了硕果仅存的"毕业生"。这一天，乔治上传的不再是自己花样百出的转笔视频，视频里的主角换成了"毕业生"小雄。让所有人惊讶的是，小雄真的成为了转笔达人，一只小小的笔在他的指间也开始翩然起舞。

接下来，小雄和达亮的班级举行跨年晚会，小雄在晚会上进行了长达十分钟的转笔表演。当班上的女生此起彼伏地欢呼喝彩时，达亮的心却酸溜溜的，他恨自己为何不坚持学到底。晚会后，达亮问小雄："学习转笔那么枯燥、那么无聊，你是怎么坚持下来的？"小雄笑着说："我就是冲着掌声和喝彩坚持再坚持，不肯轻易放弃自己最初的选择，最终才如愿做了转笔达人的。"

　　小雄还告诉达亮："其实，要成为转笔达人，每天只需一个小时，三个月也才九十个小时。""台上一分钟，台下十年功。"总有人感叹，坚持再坚持，需要太大的时间成本。其实，成功或许只需要九十个小时的付出，如果连九十个小时的付出都嫌漫长，又有什么权利追求梦寐以求的成功呢？

没有比手更长的路

　　你攀登过泰山吗，你挺过最陡峭的十八盘吗，你最终抵达南天门了吗？

　　你有心爱的人吗，你一如往昔地爱着你的爱人吗，你在泰山山顶的日出里对爱人说过"我爱你"吗？

　　我不知道您的回答是什么，我的回答是一长串的"不"。由于恐高，别说泰山，很多不知名的小山都难倒过我。而对于自己的爱人，在岁月的流逝中，在孩子出生后，"我爱你"越来越少出口，更别说在山顶、在日出之时说"我爱你"了。

　　可是，在2011年5月14日这一天，失去双腿的流浪歌手陈州却第十一次攀登了泰山。没有双腿的陈州无法像别的游客一样从容行走，他登山工具是两个方形小木箱，双手分别握住一只木箱的提手，两只手在交替中前进，爬山的过程中，完全靠双臂的力量支撑起整个身体。从泰山脚下到中天门，从中天门到南天门，陈州的双臂和前胸的肌肉都拉伤了，双手上磨起的泡又不断地被压平，一种钻心的痛煎熬着他，也考验着他。陈州并没有气馁，也没有轻易地选择放弃，而是用他浑厚的嗓音唱起了《壮志在我胸》："嘿呦嘿嘿嘿呦嘿，管那山高水又深，嘿呦嘿嘿嘿呦嘿，也不能阻挡我奔前程……"

当然，除了陈州不停"嘿嘿"地给自己鼓劲，这一次的攀登，还有他亲爱的妻子喻磊作伴。攀登之前，陈州心底藏住了一个小秘密，那就是爬到泰山山顶对妻子说"我爱你"。

十年前，陈州到江西九江卖唱，摆摊的地点在一家服装店门前，店里有个叫喻磊的漂亮女店员。每次，喻磊都安静地听陈州唱歌，而陈州对喻磊也暗生情愫。可是，陈州想到自己残疾的身体，却不敢贸然向喻磊示爱。于是，陈州借着卖唱的机会，天天唱一些情意绵绵的情歌，希望透过情歌表达自己的爱。二十八天后，陈州准备继续卖唱传情，喻磊却主动向陈州表白，并提出愿意和他一起浪迹天涯。

陈州获得了做梦都不敢想象的美妙姻缘。妻子喻磊不仅心甘情愿地陪他东奔西走，还为他生了一对可爱的儿女。可以说，妻子和儿女的相伴，让失去双腿的陈州不仅没感到身体残疾带来的不便，反而过得比任何人都要滋润。当然，作为一个流浪歌手除了赚钱养家，他依旧希望用自己独有的浪漫温暖妻子的心。

攀登到泰山山顶，对于正常人来说或许是一种劳累，但对于陈州却是一种健康的透支。可以说，前十次的经验也不足以带来第十一次的成功，毕竟陈州不是一个可以正常行走的人，凭双手爬上泰山山顶实在太过艰辛。不过，套用汪国真的诗句"没有比脚更长的路，没有比人更高的山"。而陈州实实在在凭借着自己的一双手，创造了"没有比手更长的路"的奇迹。最终，他在 2011 年 5 月 14 日这一天爬上泰山山顶，并在次日的日出中，对妻子大声喊出了动人的"我爱你"。

陈州的爱情很让人感动，但是我们有理由相信，陈州获得情感的归宿和事业的进步，都和他有一双勤奋的双手有关。有了一双比路更长的手，再遥远的幸福、再渺茫的成功，都最终会向陈州热情地招手。

人生是一场障碍赛

　　2005 年，十八岁的丁俊晖获得世界职业台球（斯诺克）排名赛冠军，冠军榜上首次有了中国人的名字。一时间，各种溢美之词铺天盖地，有人甚至说丁俊晖是另一个刘翔。台球和一切体育比赛一样，最高的诱惑和荣誉是站在世界第一的最高领奖台。

　　可是，丁俊晖的父亲却说儿子夺冠不是他的心愿，希望他不要这么早就接近成功的顶峰。在丁父眼里，丁俊晖在过五关斩六将后攀上了冠军的奖台，这会让丁俊晖失去挑战的欲望。人生不忌惮荆棘遍布，也不害怕挫折失败，担心的是没有对手、没有前进的动力。可怜天下父母心，丁父一边期待儿子在台球上有所作为，一边又担心儿子获得荣誉后开始懈怠。

　　斯诺克在英语中有"设置障碍"之意，对于丁俊晖，随"早到"的成功而来的满足和骄傲，也是他台球生涯的障碍。如若能够成功地跨越新的障碍，他必将走向事业更高的颠峰，为国家赢得更多的荣誉。

其实，人生就是一场障碍赛，走向成功的过程也是超越障碍的过程。有一个山区贫穷家庭的男孩，在童年的一次事故中，失去了双臂。在那一刻，男孩的心头只有巨大的黑暗和压抑，家人也认为他会一辈子一蹶不振。可是，逐渐成长起来的男孩和每一个少年一样有着远大的梦想。男孩首先克服了失去双臂后生活起居的不便，接着开始克服无法书写的障碍，尝试用双脚写字。男孩脚下的字甚至比同龄人手写的字还优美几分，学习成绩也一直名列前茅。

男孩后来以优异的成绩考取了名牌大学，创造了那所山区中学的新记录。男孩进入大学后，对计算机知识产生了极大的兴趣，他开始用双脚在键盘上挥舞。能够坐在电脑前，男孩跨越了障碍，已经是一个莫大的奇迹。可是，男孩志存高远，离开象牙塔后他成为了计算机界的精英。

障碍无疑是通往成功的绊脚石，甚至会让一切努力化为乌有。但是，障碍也是一种前进的动力，像泥土的营养滋润着树木，最终长成参天大树。

人生就是一场障碍赛，如果身处人生的种种障碍中，不埋怨上天的"为难"，而是以一种感恩的心面对困难，毫不畏惧地争取事业的成功，那么就有可能成为田径场上的刘翔或台球桌边的丁俊晖。纵使最终不能抵达成功的高度，人生也会因为不懈奋斗而了无遗憾。

颠覆梦想不颠覆热情

　　"闪电侠"博尔特在北京奥运会上打破了一百米、二百米短跑的世界纪录，接着又在德国柏林田径世锦赛上，先后打破了自己创造的两项世界纪录。博尔特给田径迷带来震撼的同时，也甩给世界一个大大的问号：人类到底能够跑多快？

　　无疑，博尔特已然获得了巨大的成功，而未来他还会带给田径迷什么样的惊喜，现在一切都不得而知。不过，让我们感兴趣的是，这位田径巨星童年的梦想，并不是当一名田径运动员。其实，在牙买加，田径不是最热门的体育项目，连世界第一运动——足球也不是，人们最津津乐道的却是板球运动。于是，博尔特和许多爱运动的牙买加小孩一样，希望成为一名受欢迎的职业板球运动员，并把自己的梦想写进了日记。众所周知，当下的板球界没有一个叫博尔特的大明星，倒是田径界出现了一个超级偶像。

实际上，博尔特的板球梦做了没多久，体育老师却坚持让十岁的博尔特练他并不喜欢的短跑。当时，自己的板球梦被否定，这对于小小的博尔特来说，是一种巨大的打击，甚至是伤害。不过，博尔特并没有垂头丧气，没有意志消沉，他将对板球的热爱转移到短跑上。正是因为梦想被颠覆后，一如既往的热情不曾被颠覆，博尔特付出了多于别人数倍、数十倍甚至数百倍的努力，义无反顾地追逐着属于自己的未来。可谓"功夫不负有心人"，博尔特的努力换来的是今日耀眼的成绩，以及功成名就的荣耀……

曾经看过一篇《当红演员的梦想》的文章，真是不看不知道，一看吓一跳，原来许多演员的最初梦想是当导游，做兽医……凭借他们的热情，或许会有很棒的导游、兽医或美发师诞生，但影视剧里也少了许多靓丽的身影和精湛的作品。

说到底，我们每个人都可能有梦想被颠覆的尴尬和残酷。但是，尴尬和残酷过后，勇敢地重拾不曾被颠覆的热情，相信被重新整合的梦想和人生，终会有重放光芒和抵达巅峰的那一刻。

成功从来不速成

　　去年，我有幸见到著名寓言家云弓老师。云弓老师创作了海量的寓言作品，这些作品被报刊大量发表或转载，并被选进各类畅销的幽默类文集。

　　联想到当下的作家出书热，我便问云弓老师："大家都出书，您有没有想过出本寓言集。凭您的实力和影响力，肯定会有出版社愿意帮您圆梦？"云弓老师坦诚地说："确实，我和每一个作家一样，都揣着一个出书的梦想。可是，我没有那么多的优秀稿件啊，不足以'撑'起一本寓言集。"我很惊讶地说："一本寓言集不过就二百篇寓言，我想您一年差不多就能有这么大的创作量吧？"云弓老师淡然地说："诚然，我一年就能创作二百篇寓言，可是我无法确保篇篇都是精品。倘若要篇篇精品的话，我穷其一生，或许也写不出二百篇好的寓言。"

云弓老师的谦逊和自省让我很意外，我也渐渐有些明白云弓老师的成功之道。其实，每一本有分量的书都需要精雕细琢，才能获得好的销量和口碑，可以预见如果云弓老师未来出版寓言集，那绝对是一本质量上乘的寓言集。

前不久，在一个电视节目中，主持人让羽泉评价选秀节目："请问你们对一夜成名的现象怎么看？"羽泉的回答是"一夜成名确实够幸运，但是成功背后的投入，绝对超乎大家的想象。没有人能够随随便便成功，与其妄想一夜成名的奇迹，不如好好努力每一天。"羽泉的话让我茅塞顿开，原来成功从来不速成，那些草根明星的崛起，绝非像吃速食面那么简单。想想一夜成名的旭日阳刚等草根明星，他们的成名貌似有些运气的成分，但是他们的付出必是久长的，成功可谓得之不易。

成功从来不速成，不必幻想在很短的时间内取得很大的成就，今天点点滴滴的努力都是明天成功的基石，基石垫得越坚实、越高，梦寐以求的成功才更可能实现。

『烂笔头』也是一种积累

和所有学芭蕾舞的孩子一样，女孩刘诗诗非常向往光鲜靓丽的舞台，很享受被观众掌声和喝彩围绕的感觉。可是，虽然刘诗诗从六岁就开始学芭蕾，还考取了北京舞蹈学院芭蕾舞系，她的芭蕾舞跳得美妙绝伦，但是能够上舞台的机会非常少。就算上了舞台，刘诗诗也不是璀璨夺目的女主角，只不过是伴舞者中普普通通的一员。

其实，在刚刚进入北京舞蹈学院时，刘诗诗就问过自己："未来除了跳芭蕾舞，我还能做什么？"有要好的朋友建议："诗诗，你人长得靓，普通话又标准，不妨朝播音员方向发展。"刘诗诗笑着回应："播音员上镜机会多，其实我也想做播音员。可是，你知道我的记性特别差，恐怕连词都记不全吧。"朋友则建议刘诗诗："好记性不如烂笔头，多动笔，再难记得词也不在话下了。"

虽然刘诗诗并没有把播音员当作自己的人生目标，但是她真的开始用"烂笔头"策略扭转自己记性不好的毛病。校园里，别的女生手机、化妆盒不离身，刘诗诗却不忘带上笔和小本。不管是在图书馆阅读书籍，还是在电影院收看影片，每当遇到自己感兴趣的文字，刘诗诗都会认真地记录下来。久而久之，刘诗诗记录材料的速度惊人，甚至比受过速记培训的学员还厉害。

2004 年，刘诗诗已经是北京舞蹈学院芭蕾舞系大三的学生。这一年，刘诗诗十七岁，从六岁开始学习芭蕾舞算起，她俨然成为有十一年舞龄的"芭蕾舞后"。可是，刘诗诗对芭蕾舞的前途一片茫然，纵使踮起脚尖也看不到未来。

这一年的夏天，刘诗诗的两位女同学有机会接受某电视剧组的试镜，剧组的试镜地点在北京舞蹈学院的网球场。两位女同学不仅没有拍摄影视剧的经验，这种正式的试镜也是大姑娘坐花轿——头一回，所以还没出发就紧张得香汗淋漓。一方面为女同学壮胆，另一方面为凑热闹，刘诗诗也来到试镜的网球场。

看着两位女同学化上了精致的妆容，穿上了刚买的时髦连衣裙，再看看自己穿着破洞牛仔裤和白 T 恤，刘诗诗突然有了些自惭形秽的感觉。想象着自己的女同学有机会参拍电视剧，甚至有望成为万众瞩目的女演员，刘诗诗对舞台的向往也开始悄悄萌生。可是，刘诗诗还是有自知之明的，她知道热闹的试镜与自己无缘，便远远地立在网球场不起眼的角落里。

原来，来试镜的剧组是《月影风荷》电视剧组，当时男主角已经选定为香港著名影星何家劲，唯独女主角人选一直悬而未决。电视剧《月影风荷》讲述了上世纪 20 年代上海一段扑朔迷离的爱情悬疑故事，当导演周祥林给两位试镜的女同学讲述剧情时，被剧情深深吸引的刘诗诗又一次掏出了笔和小本。

等两位女同学试完镜，刘诗诗知道自己的使命也结束了。刘诗诗收起了笔和小本，将手随意地插进牛仔裤的口袋里，准备和两位女同学回宿舍休息。可是，刘诗诗还没走出几步，导演周祥林就叫住了她："同学，请留步！我想问问你，有兴趣做电视剧《月影风荷》的女主角吗？如果你愿意，不需试镜，直接进驻剧组拍摄。"

天上掉下来的女主角！这不仅让试镜的女同学惊讶，连刘诗诗本人也觉得不可思议："周导，为什么是我？我没有我的同学漂亮，也没做过精心的准备啊。"导演周祥林笑着说："你刚才在网球场的角落，用笔和小本记录剧本内容的情形我见到了，你对电视剧《月影风荷》有如此大的热情，我相信你一定能揣度好女主角的心事，把女主角的心理活动诠释得很逼真、很到位。"

"好记性不如烂笔头，这不过是我的习惯……"刘诗诗话还没说完，留下一张联络用的名片，导演周祥林和剧组其他人员已经驱车离开了。仿佛是一场突如其来的梦，让刘诗诗感觉到是那么的不真实，直到她的女同学开始为她欢呼，她才感到自己真的有了"触电"的机会——以女主角的姿态出现在电视剧中，或许还能打动亿万的电视观众。

当然，学了十一年芭蕾舞的刘诗诗并没有演戏的经验，这急坏了导演周祥林，也急坏了刘诗诗。不过，周祥林是一位经验丰富的导演，对新人刘诗诗拥有足够的耐心，再加上刘诗诗用"好记性不如烂笔头"的方法记牢了台词。所以，拍摄初期的跌跌撞撞并没持续多久，刘诗诗顺利完成了拍摄工作。电视剧《月影风荷》播出后，获得了观众不错的评价，刘诗诗也就此正式踏上演艺道路。

2007 年 1 月，刘诗诗和上海唐人电影公司签约，正式成为其旗下的艺人。随后，刘诗诗还拍摄了包括《仙剑奇侠传 3》《天涯织女》《怪侠一枝梅》等一系列热播电视剧。2011 年 9 月，在湖南卫视首播的电视剧《步步惊心》收视飘红，让亿万观众再一次迷上了刘诗诗，甚至有资深演艺界人士预言，此剧会将刘诗诗推向一线女星的位置。

刘诗诗从寂寂无名的芭蕾舞者，华丽转身为人气极高的当红电视剧花旦，竟然只是因为"好记性不如烂笔头"的"烂笔头"，或许这多少有些歪打正着的意味。但是，获得人生最初的成功，其实不能仅仅靠运气的眷顾，平素点点滴滴的积累也不可或缺，甚至有着无比强大的神奇力量。

把『不守规矩』坚持到底

2012 年 2 月 28 日，美国洛杉矶——普利策建筑奖暨凯悦基金会主席汤姆士·普利兹克正式宣布：四十九岁的中国建筑师王澍，荣获 2012 年普利兹克建筑奖。普利兹克奖是每年一次颁给建筑师个人的奖项，业内习惯性地称其为建筑界诺贝尔奖。

提到王澍，他的硕士研究生导师齐康教授这样评价他："王澍非常有才华，但是呢，有点个性，是个不守规矩的人。"显然，齐康教授这样说并不是没有根据的，王澍的不守规矩在他毕业答辩时就有所体现。毕业答辩的重要性可想而知，顺利地通过毕业答辩才能拿到学位证，这样也不枉费几年辛辛苦苦的学习。可是，王澍偏偏个性张扬——别的学生是将论文交给答辩老师，然后老老实实、本本分分地答辩；王澍却将自己的答辩标题做成小纸条，贴满了答辩教室的墙壁。不仅如此，在答辩现场，王澍还口出狂言："中国只有一个半建筑师，杨廷宝是一个，齐老师算半个。"除了齐康教授脸色还算好看，其他参与答辩的教授纷纷黑了脸。虽然王澍的毕业答辩顺利地通过，但学位委员会却没授给他硕士学位。

　　因为自己的不守规矩，王澍没拿到硕士学位，这应该是一个惨痛的教训。可是，王澍并不这么认为，"伟大的建筑师跟优秀的艺术家一样，不走寻常路才能获得不寻常的成就"。后来，当王澍博士毕业后，正式从美丽的象牙塔转入社会，他的建筑人生和梦想开始绽放。然而，王澍博士毕业后的十年间，他并没有设计、建造一间房子，只是时不时承接一些装修的业务。在这个过程中，王澍开始悄悄收集残旧的砖瓦材料，久而久之竟然积攒了数十万之多。

　　建筑界的朋友得知王澍的行为后，劝他说："砖头瓦片是中国的传统建筑材料，可是在世界范围内早已被弃用，还是别做一些跟不上时代的事为妙。"可是，不守规矩的王澍很固执，收集旧材料的行动还在继续。一时间，朋友们摇头叹息的有，偷偷嘲笑的有，几乎没人认同王澍。后来，王澍收集的这些传统旧材料派上了用场，宁波博物馆和中国美院象山校区的建设，动用了包括旧砖瓦在内的大量传统材料。一砖一瓦中国风，使用传统材料的建筑不仅不落伍，而且还彰显出非常独特的风格，这最终让不守规矩的王澍收获了荣誉和关注。

　　齐康教授评价王澍说："他最大的成功就在于将中国的本土材料，例如砖瓦使用在现代建筑上，打破固有章法。"普利兹克建筑奖给王澍的颁奖词是："正如所有伟大的建筑一样，他的作品能够超越争论，并演化成扎根于其历史背景、永不过时甚至具世界性的建筑。"而王澍本人却认为："真诚的工作和足够久的坚持一定会有某种结果。"

　　坚持，几乎是所有成功者的秘诀，但是能把"不守规矩"的个性坚持到底，这才是王澍收获耀眼成就的秘诀。

走向狼群的狼王

在英国北德文区，一座宁静的郊外小镇上，活跃着一群让人害怕的狼，但是科学家肖恩·埃利斯却选择和狼群生活在一起，并且通过自己的努力，当上了狼的首领——狼王。

肖恩·埃利斯其实是一名前海军陆战队员，他不仅有强健的体魄，更有一颗充满爱的心。众所周知，狼是一种比较凶残的动物，给人类带来过无穷的威胁和烦恼。但是富有爱心的肖恩·埃利斯从小就像爱小白兔、袋鼠一样，也发自内心地热爱着狼。每当有人猎杀狼，看着狼被无情的子弹夺取生命时，肖恩·埃利斯的心也在滴血。慢慢地，肖恩·埃利斯拥有了一个伟大的梦想：希望通过自己的努力，让狼不再侵害人类的生命和财产安全，而狼也能快乐地存在于地球上。

走向狼群之前，肖恩·埃利斯曾去过世界各地，对狼进行了充分的考察和足够的了解。不过，肖恩·埃利斯和其他科学家不一样的是，他选择真正地和狼一起生活，将自己由人转化为一只"狼"。肖恩·埃利斯彻底震惊了科学界，有人惊呼"真是个疯子"，有人却对他的敬业精神钦佩不已。而因为自己的"壮举"，肖恩·埃利斯不仅失去了自己积累的财富，他的家人也纷纷选择和他决裂，用"众叛亲离"来形容他毫不过分。但是，肖恩·埃利斯没有退缩，为了伟大的梦想，他义无反顾地走向了危机四伏的狼群。

当然，肖恩·埃利斯进入狼群后，这个"狼王"称号是自封的，并没有经过任何竞争或者选举。狼群和人类一样，想占山为王并不是一件容易的事；让群狼甘心让肖恩·埃利斯这样一个"异类"来领导，几乎是一项不可能完成的任务。首先，肖恩·埃利斯要做的不是领导狼群，而是让狼群接纳他，并认定他不是一个人，而是像它们一样的狼。非常了解狼的肖恩·埃利斯知道狼是靠嚎叫和气味来识别同伴并互相进行交流的。于是，肖恩·埃利斯像狼一样嚎叫，毫无惧色地和狼戏耍，也不清洗自己的衣物，保留上面狼的气息。

当狼不再当他是异类时，肖恩·埃利斯决计要挣取狼王的地位。在狼群的世界里，夺权的故事每天都在发生，肖恩·埃利斯无时无刻不受到挑战。在肖恩·埃利斯和其他成年狼的争斗中，挂彩是家常便饭，起初他还会立即去医院缝合伤口。但是，每次当他返回后，成年狼都会扯掉缝合包扎的纱布，然后用舌头来舔他的伤口。原来，狼的口水是最好的消炎药，令肖恩·埃利斯的伤口能迅速地愈合。于是，肖恩·埃利斯不再为大大小小的伤口一次又一次离开狼群去医院，而是忍痛和狼群呆在一起。

狼王肖恩·埃利斯遇到的最大的问题是进食。饿狼的侵略性是很强的，如果在食物分配上出现冲突，肖恩·埃利斯不仅会受到狼的伤害，变成狼的"盘中餐"也说不准。狼的地位在进食中得到了很好的体现，由于地位的不同，每只狼食用猎物的顺序和部位是不同的，甚至有着严格的等级秩序。肖恩·埃利斯必须用狼的语言——夹杂怒吼的嚎叫，来维持狼群进食的秩序。当然，肖恩·埃利斯为了不让狼群看出自己的异常，必须像其他狼王一样食用专属狼王的心、肝、肺等部位。这样的"霸王餐"或许让群狼垂涎欲滴，但是对于肖恩·埃利斯却并不太可口。为了自己能顺利食用，肖恩·埃利斯只好将猎物的心、肝、肺偷偷煮熟，然后事先放进待食的猎物体内。这样，肖恩·埃利斯大快朵颐时，更有一种狼王的风采。

渐渐地，狼群认可了肖恩·埃利斯的狼王的地位，而肖恩·埃利斯也要行使狼王的职权。狼王要抚养幼狼，肖恩·埃利斯必须像其他狼王一样用嘴去给幼狼喂食，但是又要防备幼狼的牙齿，它们天生啃噬能力是超乎寻常的，甚至会给肖恩·埃利斯这个脆弱的狼王带来伤害。当然，肖恩·埃利斯更重要的职责是教育狼、改变狼，让狼在他的教育下，建立新的属于狼的行为准则，而这所有的一切都只能用狼的语言——嚎叫来完成。

……

肖恩·埃利斯进入狼群并当上狼王，这一惊世骇俗之举虽然暂时没让他彻底改变狼。但是，他却用目前已有研究成果，成功地挽救了波兰受狼患影响的农场。肖恩·埃利斯利用防御性的嚎叫声抵御了狼群对农场家畜的袭击，也成功地避免了狼群被捕杀的局面。

相信假以时日，肖恩·埃利斯通过自己当狼王的经历，会得到更多与狼有关的讯息，在研究上取得更大的成绩。更重要的是，肖恩·埃利斯的努力让我们知道，人与动物也有沟通的可能，甚至在未来某一天，人与动物和睦、友爱的相处，也并非痴人说梦了。